# DE LO ESCRITO

Escribir es poner una palabra detrás de otra, así una y otra vez hasta que hay muchas.

Eso ha hecho Carlos en estas páginas que vais a leer.
Pero para hacer "eso", hay que tener un discurso, un contenido, una historia o muchas, parte vivencias, parte inventadas (¡ojo! el hombre no inventa, no <u>crea</u>, eso se lo dejamos para Dios -si es que existe-, el hombre sólo recuerda, copia, corrige).

Seguramente es una deformación profesional, pero veo en estas páginas edificios, arquitectura, urbanismo….. Me explicaré:

La mayoría de las personas ve, en un edificio, una puerta de entrada que conduce al interior donde se encuentra un largo pasillo lleno de puertas con estancias destinadas a diferentes funciones: comer, dormir, cocinar, relajarse,…. y al final, una salida, o la misma entrada, que les devuelve al exterior. Con aspecto triunfante y sabedor exclaman –Ya me lo imaginaba, conocía el final de este cuento-.

Para un arquitecto un edificio es un "contenedor" que contiene más "contenedores", interconectados pero independizadles, cada uno con su carácter y sus cualidades específicas y que quedan relacionados por ejes espaciales, trasversales, de recorrido, de luz, de....., con un lenguaje coherente que les da unidad.

Cuando uno empieza a leer "lo de Carlos", cree encontrarse al inicio del pasillo. Si hay una puerta esto debe ser el comedor, la cocina, el baño... Pero no. Desde el baño uno encuentra una enorme puerta corredera que nos lleva a la sala de estar y una leve mampara nos separa del dormitorio, para acto seguido, aparecer en el recibidor.

Con los "tiempos", pasa lo mismo, de un párrafo a otro pasamos de La Edad Media al 2000, de un personaje a otro.... Requiere mucha atención y disciplina.

Se recrea en el lenguaje, lo mima, pero es riguroso-Una silla Corbusier puede convivir con una lámpara Milá, pero difícilmente con un retablo románico-.

Entras por la puerta, vas descubriendo espacios, situaciones aparentemente dispares y, cuando ya no entiendes nada, te pega una patada en el culo y te encuentras de nuevo en la calle, frente a la puerta de entrada, con cara de imbécil y repitiendo:-Quiero más, cuéntamelo todo, no me dejes a medias......

Y luego va y te cuenta otro.

Juanjo ZANDUNDO

**La gata, la japo y la Monalisa**

Contempló su reflejo en la ventana. El sofá Chester de color marrón, la mesa de centro art déco, una litografía del jardín de las delicias; todo a sus espaldas se mezclaba con su propia imagen, las azaleas, el jazmín, las hortensias y las rosas rojas del exterior. La casa estuvo en absoluto silencio hasta que unos pies descalzos hicieron crujir la madera de la escalera. Pepa ladeó su cabeza para ver como Akako se acercaba a ella y abría el balcón; arqueó su espalda, levantó su cola y rozó la pierna de su dueña en señal de agradecimiento, saliendo al jardín en busca del sol vespertino.

Pepa regresó al interior tras su paseo; sus dueños, Akako y Jaime sorbían en silencio sus cafés con la mirada perdida en la pared de tochos blancos que separaba la cocina del salón. Se acercó a su bol en el que encontró su habitual ración de pienso. Nadie jugó con ella, nadie le dirigió una mirada o la mas tímida de las caricias aquella mañana; tras su desayuno se tumbó en el sofá contemplando como los dos desaparecían escaleras arriba sin pronunciar palabra, evitando la mirada del otro.

"Ayer vino mi novio de Costa Rica y hemos estado toda la noche follando. Me ha dicho hoy una chica morena al picar su ticket, la veo aquí cada día sí; pero no la conozco…. Ah! Y ayer dos personas, por separado; me dijeron que son bipolares. Alucinante, ¿No?. Son conocidas de la estación, cogen el metro, pero nada más."

Jaime escuchó a Manuel, el jefe de la estación, quien le hablaba desde su garita, donde cada mañana cogía el metro para ir al trabajo. "Es increíble lo necesitada que está la gente por tener a su lado a alguien que les escuche; sin importarles que sea amigo, conocido o la primera persona que se les cruza por la calle. Nos pasamos el día recitando monólogos."

Jaime asintió esbozando una tímida sonrisa alejándose de las taquillas, pasó su tarjeta multi-viaje por la máquina para abrir la barrera. "Tendrías que cobrarles" Alcanzó a decir antes de que una señora se interpusiera entre él y la garita, preguntando por una dirección a Manuel; finalizando la conversación de esta manera.

"Quizás debiera ser yo el primero" Murmuró secuestrado por las escaleras mecánicas.

Akako levantó la vista de su ordenador ante las insistentes súplicas de Pepa. "¿Quieres salir otra vez?". Se levantó del sofá, dejó el portátil sobre la mesa y abrió la corredera del jardín. La gata se tumbó al sol masticando las hierbas que le quedaban a su alcance, de vez en cuando erguía la cabeza para observar a su dueña; quién continuaba impasible estirada en el sofá mirando esa estúpida caja blanca con una luz en forma de fruta.

Akako casi siempre estaba en casa con la mirada clavada en ese trasto, aunque normalmente lo hacía sentada en su escritorio, nunca en el Chester. A Pepa le gustaba pasearse por entre sus patas, rozando su cuerpo con ellas y con las piernas de Akako a la espera de alguna caricia; pero en el sofá no había forma alguna de reclamar la atención, a no ser claro que saltara en su regazo, ocupado por el maldito trasto blanco.

Finalmente se decidió. Entró en el salón rodeó la mesa de centro y, de un salto, subió al sofá. Con la pata derecha tanteó el cuerpo de Akako, avanzó; posó la izquierda sobre la rodilla de ella, nada, avanzó; dudó un instante sobre las piernas, aunque no hubo movimiento alguno por su parte. Avanzó. Pepa se topó entonces con la manzana incandescente en sus narices, teniendo que trepar por el respaldo para sortear en chisme que descansaba en el regazo de su dueña. Finalmente alcanzó la cara de Akako, quien continuaba impertérrita mirando la pantalla en negro del ordenador sin parpadear.

Un eco lejano nació del interior del túnel, arrastrado por la corriente pesada de aire que azotaba su cara. El ruido se hizo mas evidente, el soplo rancio le obligó a dar un paso atrás topándose con un chico, quién no se percató enfrascado en la música de sus auriculares. El tren apareció al poco precipitando el avance de la gente que lo esperaba hacia el borde de la plataforma.

Jaime dudó un instante, miró la cara del maquinista concentrado en su tarea, lo tenía a solo unos metros, el conductor y su tren; él y las vías; un segundo. Los músculos de todo su cuerpo se tensaron, agarrotado; los vagones pasaron de largo hasta alcanzar el final del anden para detenerse, las puertas se abrieron engullendo la muchedumbre.

Retrocedió hasta toparse con la pared "cogeré el próximo" Pensó en voz alta. Una sombra llamó su atención; era ella pacientemente sentada con la mano extendida, cándida mirada, con la sonrisa de Mona Lisa aunque de rasgos hindúes y escasa melena. Jaime buscó avergonzado unas monedas en el bolsillo para depositarlas en la palma de su mano, como hacía cada vez cuando la veía ahí sentada; no sabía porque pero esa mujer provocaba en él un estado de serenidad inexplicable. "¿Quién me hubiera ayudado mañana?" Preguntó la mujer agradeciéndoselo con un gesto de cabeza.

La vida era como una estación de tren, pensó Jaime; esperas en el anden hasta que pasa el tren que quieres coger, a veces sabes quien va en él pero otras no; sabes donde se dirige, pero puede cambiar de dirección. Si lo pierdes ya no vuelve mas, pero puede venir otro mucho mejor mas tarde; también puedes esperar eternamente sin decidirte. Decidir, eso era lo realmente extenuante, no hay en la vida minuto alguno sin decisión, sin opción a escoger y, por tanto, posibilidad a descartar. Pudo decidir no decidir mas aunque era una decisión decisiva. Un nuevo tren arribó, se montó en él abandonando la estación de regreso a casa, con la mirada clavada en su Mona Lisa.


La cocina presentaba esa noche su lado mas frío y aséptico, el blanco glaciar devoraba cualquier atisbo de color, tan solo resaltando en ella un cuadro de flores orientales de color rojo y otro cuadro con los trazos negros de sus nombres en japonés. Los dos colgados en la pared de tochos donde se apoyaba la mesa en la que reposaba la cena intacta y en la que se perdían sus miradas. Akako hundió la vista en el plato de miso en busca de alguna respuesta hasta que Jaime golpeó la mesa con las dos manos al levantarse, haciendo saltar la sopa.

"Podrías llorar, cabrearte, lanzar cosas contra las paredes, arrojarte al suelo y patalear o dar puñetazos contra un espejo. ¡joder reacciona! Tu silencio es insoportable..., me está matando !Dios¡ Se que es tu cultura, tu educación pero... ¡pero hay que tomar una decisión!" Se apoyo en el mármol de la cocina de espaldas a ella, con el rostro congestionado, las manos temblorosas sobre la piedra blanca con las venas infladas por la tensión. Akako levantó la vista de su plato buscando el imposible reflejo de él en la pared de ladrillos blancos; al encontrar solo su silencio, sumergió de nuevo su mirada en la sopa ya fría.

Aguardó en una esquina de la cama al acecho del más mínimo movimiento, agazapada en un pliegue de la colcha a los pies de Akako hasta que ésta abrió un ojo; Pepa se abalanzó sobre ella, sentándose sobre su pecho mirándola fijamente. Finalmente Akako se levantó, bajó las escaleras para abrirle la puerta del jardín y llenar su bol de pienso; Pepa se lo agradeció restregando su cuerpo por entre sus piernas. Akako la miró en silencio, se agachó, posó las puntas de los dedos sobre su cabeza masajeando hasta provocar el ronroneo del animal. Con la mano libre, Akako, acarició a Pepa quien indicaba con la cola en alto el final de su combado cuerpo, para que su dueña supiera donde terminar la caricia para comenzar de nuevo. Prolongaron el ritual por un rato hasta que Pepa vio una gota en el suelo delante de ella, luego cayó otra y otra; levantó su cabeza irguiendo las orejas para ver el rostro lloriqueante de su dueña. Akako agarró a Pepa levantándola del suelo, la estrechó contra su pecho y la abrazó fuertemente colmándola de besos; nunca antes Pepa había visto a su dueña llorar tan amargamente en el mas absoluto de los silencios y, aunque no le gustaba que la cogieran en brazos, fue incapaz de negárselo aquel día.

Jaime contemplo su armario abierto en ropa interior. Uno sabe que ponerse para un entierro, para una boda, para ir a la playa; pensaba él escudriñando el interior. Pantalón corto para hacer deporte, un traje elegante para ir a la opera, incluso uno sabe que ponerse cuando quiere que alguien se la coma ansiosamente una noche pero, ¿Cómo debe uno vestirse para abortar? Su mujer entró en ese momento en la habitación, alargó el brazo hacia el interior del armario sin levantar la vista del suelo, sacó un vestido azul y se lo puso; devolvió la percha roja vacía a su sitio y entro en el baño. Jaime permaneció allí congelado, roto ante aquella decisión, sobrepasado por la aparente frialdad de ella.

Los hicieron pasar a una sala de color verde triste, un escritorio, unas sillas, algún cuadro, incluso una estantería con libros; no eran capaces de ver con claridad lo que miraban. Jaime recordaba la llamada de Akako diciéndole que estaba embarazada; como reaccionó su madre al saberse abuela. Akako pensaba en sus padres, en como deseaban venir desde Japón para conocer a su nieto, en como lo sentía ella en su interior. Los dos recordaron las palabras del médico explicándoles que su hijo padecía síndrome de Down, que todas las pruebas corroboraban el diagnóstico del feto; y que lo mas adecuado era interrumpir el embarazo; eso sí, era solo decisión suya.

El doctor entró en el despacho vestido con bata blanca, se sentó, tomo aire y les recordó que lo que harían era provocar el parto ya que la gestación, tras veintidós semanas, estaba ya muy avanzada. " Así que si estas preparada Akako vamos a ello. Tranquila todo irá bien" Comentó el doctor levantándose. Jaime miró a su mujer, Akako miró al doctor, el médico miró al marido. "¿Nos puede dejar un minuto?" Susurró Akako.

**Tres peldaños**

"¿Así va bien?" La alianza bailó entre las huesudas falanges. Esmalte rojo de manicura ajada en las uñas. Temblorosas manos, moldeadas por una translúcida piel, atravesadas por azuladas venas, moteadas por la edad; sostenían éstas el papel de estraza. Doña Pilar asintió con la cabeza tarareando la sintonía del programa de Elena Francis. La señora Enriqueta doblegó el papel formando una papelina con las alubias cocidas en su interior. "Ponme también unas pocas olivas negras de Aragón y una *latica* de atún" Demandó interrumpiendo su melodía. Fue la tendera quien asintió entonces. "¿Estará a punto de llegar el *nen*, no?" Preguntó mostrando la cantidad de aceitunas.

Juanjico torció la esquina pasando por delante de la tienda de la señora Enriqueta. La doña le saludó desde el mostrador, sonriente, enseñando una papelina a una de sus clientas en un gesto muy suyo. El niño se impulsó entonces a toda velocidad hasta la carpintería. La calle la Virgen era estrecha, sombría la mayor parte del tiempo, repleta de congojas y trapicheos, andares grises y recuerdos melancólicos, putas y macarras; crudo Raval del franquismo, aunque en si, complejo mosaico de vida. Olores, sabores y colores teñidos de censura rancia, voces afanadas en surcar aquel mar de pringue en busca de nuevos puertos.

El niño se plantó frente a la cristalera enturbiada de polvo y serrín. Abrió bruscamente, sorprendiendo incluso a las campanillas de la puerta, espantadas como un banco de sardinas agitadas en la red antes de ser subidas a bordo. Lanzó la cartera encastándola contra unos tablones hacinados en la esquina, temblaron ellos, los miró él. La entrada tenía doble altura, arriba la vivienda, abajo el taller. La sala estaba repleta de recortes de maderas, muebles rotos o a medio terminar, la Lambretta de su hermano mayor que algún día heredaría, herramientas, sacos de aserraduras; junto con algunos pequeños pedidos pendientes de colección, ya que los grandes los sacaban por las puertas traseras con salida a otra calle lateral. Una ventana miraba desde el escueto salón del piso al doble espacio, justo encima de los tres peldaños que daban acceso al taller.

Doña Pilar dejó las alubias todavía tibias sobre el mármol de la cocina al oír al niño, apresurándose hacia la ventana para ver como recorría los escasos metros que separaban la puerta de la escalera. Saltaba entonces temerosamente sobre ellos aterrizando frente a una gran sierra metálica, apoltronada en el pasillo de acceso a la sala principal, donde padre y operarios trabajaban. Un amenazante disco repleto de dientes cortantes se alzaba en el centro de una férrea superficie; parecía una mesa maciza, sin patas. En su interior se escondía el motor y los mecanismos que revolucionaban el disco, produciendo un ruido infernal.

Asomaba la madre su vana reprimenda por el ventano; el mocoso, la contempló risueño dando la certera zancada. Temía escuchar el *poff* de su hijo empotrado contra la sierra, peor aún, el *craff* de su cabeza incrustada en el disco, y encontrarlo abierto en dos como una sandía. Juanjico, las más de las veces, terminaba resbalando en el piso por culpa de las raeduras; se levantaba al instante y corría a saludar al padre. Doña Pilar, resignada, retornaba a la cocina para preparar la merienda del chiquillo, pan con vino y azúcar.

Habló Pilar con el crío, tratando de hacerle entender la peligrosidad de su hazaña, sin éxito alguno; lo hizo con el padre, para que éste interviniera, si bien la respuesta fue tajante "son cosas de chiquillos". Pidió consejo entre las vecinas, Doña Enriqueta fue quien sugirió en mover la gran sierra de sitio, aunque el hombre negó con la cabeza ante la proposición de la tendera. "Ese es su sitio" Sentenció rotundo.

Nada parecía mellar el apetito acrobático de Juanjico. La señora Pilar aguardaba cada día el momento en el que escuchaba el *bang* de la puerta abriéndose de par en par, el *pata-pam* de la cartera estampándose contra los tablones de madera haciéndolos temblar. Se asomaba ella por la ventana escuchando el *clac, clac, clac,* de los zapatos del mocoso resonando contra el parterre, ganando velocidad. Trató, en su momento, en interponerse entre él y la escalera, provocando un quiebro en el último momento antes del salto, aumentando peligrosamente su dificultad; así que la pobre mujer prefería esperar paciente el *paaff,* del niño aterrizando frente a la sierra. Temía cualquier variante de desenlace: *craaff, catacraac, choooff...*; todas ellas resultado de caídas erróneas, que en el mejor de los casos significaban moratones, arañazos o incluso algún hueso roto. Evitando la visión del disco dentudo y la cabeza de su niño.

La doña, podía incluso según el día, percibir los pasos previos al abrir la puerta. "No entiendo como viviendo encima de un taller de ebanistería eres capaz de escuchar todo eso" Le había dicho en alguna ocasión la señora Enriqueta a doña Pilar. El bullicio de máquinas y hombres vociferando sobre el rumor del ajetreo fabril era audible desde cualquier rincón de la vivienda, pero aún así, ella era capaz de apreciar los ecos de Juanjico. "Es mi pequeño, como no lo voy a oír" Se escudaba Pilar.

Pasó el tiempo y el chaval continuaba con su acrobacia, perfeccionada gracias a la práctica. La madre desistió en su veto. "Ya nos prohíben bastante esos…." Rezaba el padre. Restaba ella en la cocina, o donde fuera que se encontrara, a la espera del *noiet* tras el colegio. Abrió la puerta, la cartera, los tablones, los medidos pasos, el silencio del salto y el topetazo final. Un tímido golpe seco escuchó primero, casi imperceptible, pero lo oyó; luego el desplome del cuerpo contra el suelo y de nuevo silencio. Algo anduvo mal. Lo supo de inmediato la madre, se asomó a la ventana, nada. Bajó al taller por la escalera que estaba justo detrás de la gran sierra, ni rastro del chico. Rodeó aterrada la máquina para encontrar al hijo sentado en el suelo apoyado contra la polvorienta pared, se tocaba la cabeza con un mezclado gesto de rubor, dolor y rabia. "¿Qué ha pasado?" Preguntó ella agachándose para comprobar el estado del muchacho. "Al saltar me he dado con la cabeza en el techo y he caído al suelo" Contesto sollozante. "*Ahiba, ahiba…*; deja que vea. Ya no eres tan chico como pensabas." Suspiro aliviada doña Pilar.

**24 del 12**

Una gota azulada emergió de la aguja, para descender lentamente hasta la base. María golpeó levemente la jeringuilla con la uña del dedo corazón asegurando que no hubiera burbuja alguna en su interior. Miró a través del líquido, desvió la mirada para observar la aterrada cara de la paciente, centró la vista en la jeringa, presionó otra vez el embolo derramando un tímido chorro esta vez, bajó el brazo que había mantenido en alto a la altura de los ojos, sonrió y se inclinó sobre la camilla.

"No te va a doler cariño" Dijo con la voz mas tierna de la que fue capaz tras un servicio agotador que esperaban hubiera sido tranquilo y sin sobresaltos. La niña clavó la vista en la aguja, viéndola cada vez mas grande conforme se le acercaba. La madre la cogió en brazos para darle la vuelta y, tirando del pantalón rojo, mostrar la parte de nalga necesaria para la inyección.

María sujetaba el algodón empapado en alcohol con la mano izquierda, acarició con él la piel para esterilizarla. "¡Anda pero!, ¿Qué es lo que tienes aquí?" Exclamó tocando la mejilla derecha de la niña distrayéndola por completo, guardó el algodón en el bolsillo agarrando el caramelo que tenía preparado; ya estaba, la pequeña entretenida con el dulce no notó la aguja.

María salió de la ambulancia dejando en ella a madre e hija, se acercó a uno de sus compañeros quién atendía al conductor del otro vehículo implicado en el accidente. "Voy a llamar por teléfono…" Dijo apuntando hacia la pared donde iba a recostarse; el tacto del móvil le llamó la atención, no se había quitado los guantes de látex. Lo hizo. Marcó el número y esperó paciente a que alguien al otro lado respondiera; nadie lo hizo. Marcó de nuevo.

Se despertó sobresaltado al oír un golpe en el baño, se despojó de la pesada manta que lo protegía del gélido ambiente; la mano derecha palpó el colchón bañado en un cálido líquido viscoso.

"¿Eva estás bien?" Preguntó estremeciéndose, bien por el helor o por la incertidumbre. Se abalanzó sobre el baño. Eva estaba recostada en el suelo, con el camisón manchado e inconsciente, la cabeza formaba un ángulo imposible contra la pared, la cara cubierta por la melena azabache, las piernas unidas hasta las rodillas pero con los pies a derecha e izquierda; como una muñeca rota. José Ángel nunca había visto una con semejante barriga.

Intentó cogerla en brazos pero no pudo; el lavabo era minúsculo y su peso excesivo. La abrazó pasando sus brazos por debajo de las axilas de ella sujetándose las manos a su espalda para poder tirar de ella; al ponerla en pié notó su aliento húmedo en la cara. Respira, pensó aliviado aunque la congoja lo atrapó del todo.

La tumbó sobre el lado de la cama todavía seco, la cubrió con la manta y busco nervioso el teléfono en el cajón de la cómoda.

Tanteó con la mano derecha la pared hasta encontrar el interruptor, aunque para entonces sus ojos ya se habían acostumbrado a la oscuridad, pudiendo ver su senda en el pasillo. La luz que se escapaba del salón perfilaba los peldaños de la escalera; voces, una mas alta que el resto. ¿Quién es? Se preguntó recordando el timbre y el crujir de la puerta de entrada.

Botellas vacías, licores a medio beber, trozos de turrón, barquillos desmenuzados, el mantel con motivos navideños salpicado de vino, copas, servilletas manchadas de salsa. Se había retirado a dormir con el pequeño de sus nietos, dejando al resto de la familia trasnochar con la sobremesa; ahora los reencontraba, aunque con la visita inesperada del vecino, José Ángel. El joven parecía asustado, nervioso, atropellándose al hablar, sudaba; lo contrario a su habitual calmo y sosegado charlotear de ecos caribeños.

"Mamá es Eva María, se ha puesto de parto, han llamado a la ambulancia pero tardará lo suyo, ya sabes como está el camino. Parece que se ha desmayado en el baño; tu podrías…" El hijo mayor calló a la espera de la respuesta; todos la contemplaron en silencio, en especial José Ángel, quien estrujaba un gorro de lana entre sus manos, exprimiéndole una solución que seguro no albergaba.

"Estás empapado hijo, ¿Cómo has venido hasta aquí? A pié supongo, claro. Ernest, tráele una toalla y algo de ropa para que no agarre una pulmonía." Doña Joana, aunque mayor, seguía siendo la matriarca de la familia, sobretodo bajo aquel techo. La suya, junto con la masía que habitaban José Ángel y Eva María eran las dos únicas casas en aquel lado del valle; de inhóspito acceso por un encrespado camino helado en esa época del año y con un palmo de nieve de la noche anterior.

La joven pareja cuidaba de los animales y los cultivos de la finca lindante con la de Doña Joana desde hacía cuatro años, tras su llegada de Riohacha; el mismo tiempo en que la anciana, arrastrada por sus hijos, pasaba largas temporadas en la ciudad. Aquellas piedras, como ella las llamaba, habían visto crecer incontables generaciones de la familia, y otro relevo acechaba.

"Hace poco que estuviste en el parto de mi hijo y el de Carme esta en camino…." Argumentó Ernest en vano. La señora Joana salió del salón renqueando, aunque la enérgica vitalidad que emanaba era difícil de seguir incluso por los jóvenes de la casa. Reapareció al poco, ataviada con un grueso abrigo, guantes y gorro; cargaba un antiguo maletín de piel marrón donde guardaba sus enseres de comadrona.

El sonido de la puerta resonó en su cabeza por un rato, el eco metálico regresaba una y otra vez hincándola lentamente en el suelo. El martilleo disminuyó dejándola inmóvil, dando paso a un tímido ronroneo eléctrico de la tenue luz del techo. Estuvo así quieta, estática, contemplando la pequeña apertura por la que se colaban voces lejanas, pasos perdidos y el mismo sonido metálico de cancelas ajenas.

Sentía las venas henchídas en cada bombeo del músculo corazón, un calor helado se aferró a su piel colmándole la frente de minúsculas gotas de sudor.

Giró en redondo. Examinó la celda. Los pulmones absorbieron el olor a desinfectante y ambiente cerrado.

Las paredes embaldosadas de color blanco triste, en lo alto de una de ellas, la enfrentada a la puerta, una ventana alargada paralela al techo mostraba la noche del exterior; a la derecha un catre de obra del mismo material que las paredes acogía una manta gris, un escaso colchón y una almohada rancia.

Trató de llegar hasta la cama pero las piernas no obedecieron. Su cerebro asimilaba lo sucedido, analizaba ¿Por qué estaba allí? ¿Cómo había llegado? ¿Cuando?.

Bebió más de la cuenta, fumó en exceso, los ácidos, drogas a doquier; todo ello nublaba sus cábalas. ¡No había hecho nada! O al menos no lo recordaba.

El frío inherente de la celda, el forzado silencio, la enclaustrada soledad; imágenes brumosas e inconexas de la noche anterior danzaban en su mente, boca pastosa y seca, lengua de trapo, labios cortados.

Se sintió siempre cautiva de la realidad circundante, destinada a quehaceres no deseados, desterrando así los propios anhelos. Divina estupidez, pensó. Ahora estaba literalmente presa, su futuro en manos de un policía al otro lado de la puerta.


Guardó el celular en el bolsillo de la chaqueta reflectante. "¡Tenemos una llamada!" Le dijo el conductor acomodándose tras el volante tras cerrar la puerta. María se apresuró hacia la ambulancia.

"Está lejos de cojones" el enfermero programaba el GPS con la nueva dirección. María se reclinó sobre él para alcanzar a ver donde se dirigían. "Parece que es un parto complicado en lo alto de la montaña, tardaremos lo suyo en llegar" Añadió el conductor mirando por el retrovisor para dar media vuelta y ponerse en camino.

"¡Son los vecinos de mi madre!" Exclamó María abrochándose el cinturón dejando el navegador en su sitio. Tres pitidos electrónicos precedieron a una voz entrecortada, el enfermero agarró el micrófono de la radio. "Dime, ya estamos en camino…" Los tres se inclinaron a la izquierda al tomar una curva, el motor subió de revoluciones, el chófer cambió de marcha.

"Hay otro aviso en la zona industrial….Una pelea o algo así; vosotros estáis mas cerca. Podemos enviar a otro equipo a la montaña. Cambio" El enfermero miró a sus compañeros a derecha e izquierda; el chófer levantó las manos del volante en señal de indiferencia, María frunció el ceño negando con la cabeza. " El parto puede ser cosa seria allí arriba, conozco a la chica, se le ha adelantado. Los niñatos pueden esperar, sino que no hubieran bebido tanto la noche de noche buena."


El gélido silencio tiznado de penumbra los agrupó a los pies de la escalera que conducía a las habitaciones, el fulgor de la luna se deslizaba por la puerta perfilando los contornos en tonos grises y azulados, enmarcando sus hálitos; José Ángel encendió la luz y cerró, para guiarles hasta su esposa.

"No es posible este frío" Exclamó Joana. Entrando en la cámara donde yacía Eva María exhausta y tiritona, el joven explicó que la calefacción llevaba dos días estropeada sin haber conseguido a ningún técnico para repararla por culpa de las fiestas. "¿No tenéis estufas o chimenea?" Preguntó la comadrona.

"En el salón hay una chimenea que mantenemos encendida todo el día pero aquí arriba solo tenemos este pequeño calefactor, y los perros claro, que nos dan calor por las noches" Dijo medio avergonzado José Ángel acariciando la pálida tez de su mujer quien sonrió con poco afán.

Doña Joana mandó a su hijo Ernest de vuelta a la casa para traer un radiador eléctrico, su nuera buscó toallas limpias en la cómoda y bajó a la cocina para calentar agua; el resto, junto con los tres perros, se encerraron en la habitación para tratar de caldearla ante el inminente parto.

"No son un buey y una mula pero entre todos te ayudaremos con esto" Bromeó la doña acomodando los cojines para incorporar a Eva maría y comprobar así su dilatación. "Agárrate a mi mano hija ¿Cada cuanto contraes?" Preguntó Joana.

Eva no alcanzó a contestar, congestionando su rostro por el dolor. "Cada poco, pero no salgo de cuentas hasta el mes que viene" Respondió al fin con un hilo de voz.

La anciana, humedeció una de las toallas en el agua humeante que su nuera portaba en una olla. "Iré a por más" Susurro al dejarla sobre la mesita de noche. "Nos hará falta" Asintió Joana en un gesto cargado de preocupación.

Comenzó a dar vueltas frenéticamente en la celda como una cobaya enjaulada hasta que una imagen se materializó en su retina dejándola paralizada, le faltó el aire, se sintió hueca, vacía; como si alguien hubiera introducido la mano por la garganta hasta el fondo de su ser, agarrado sus entrañas y tirado fuerte de ellas.

La música, la discoteca, su novio, la amiga, o no lo era; no ya no lo era, claro. Recordó regresar del servicio con la copa en la mano y verlos besándose. Les lanzó el gintónic a la cara. Salió corriendo agarrando su bolso y la chaqueta de guardarropía. Él la seguía. Corrió.

Un coche la obligó a parar sin cruzar la travesía, él le ganó los pasos. Oyó su voz cerca, a su derecha. ¿Qué quería?. Tensó los músculos del brazo con el que sujetaba el bolso, describió un arco con ellos, como un tenista con su raqueta, no miró; tampoco hubiera visto, pensó.

Su copa, la metió en el bolso y ahora ésta se había incrustado en la sien de su novio. Un grito ahogado. Cruzó sin mirar atrás escuchando el sonido sordo de un cuerpo golpeando contra el suelo, alcanzó la otra acera, se giró. Su chico postrado en el suelo, con la cabeza apoyada en el bordillo, un brazo aquí y el otro allá.

Se abalanzó sobre él cegada por las lágrimas dejando atrás la bronca de un conductor que casi la atropelló. Inerte. Trató de reanimarlo sin éxito, lo abrazó, lo besó; se miró las manos manchadas de sangre.

La seguridad de la discoteca la obligó a levantarse y a hacerse a un lado; un gentío ansioso de drama husmeaba la escena.

Alguien la introdujo en la parte trasera de un coche agachándole la cabeza con la mano, por la ventanilla contempló como cargaban a su novio en una camilla y se lo llevaban en una ambulancia.

El llanto de un recién nacido es algo fácilmente reconocible, aunque nunca antes se haya escuchado; complaciente sonrisa al oírlo, el principio de una nueva vida, pensó María. No se sorprendió al encontrar a su familia en pleno en aquella minúscula habitación, las hermanas, el hermano con su mujer, el marido con su hijo mayor, su hijo pequeño se había quedado en casa con el aprensivo de su cuñado, le dijo su madre al ofrecerle al bebé para que lo examinara.

"¿Y Roberto?" Preguntó María embobada con el niño. "Le he llamado antes pero no lo ha cogido, hace un siglo que no lo veo"

"¿Ese? A tu hermano pequeño le ha faltado tiempo para salir por ahí, cuando llamaste a casa aun no había llegado, vino, cenó y se fue corriendo" Respondió la señora Joana con cierta sorna.

Eva María se revolvió en la cama al acoger en su regazo al recién nacido, José Ángel a su lado no podía disimular su infinita felicidad.

María notó la vibración en el bolsillo de su chaqueta reflectante. Contestó. El joven agente le pasó el móvil al oficial tan pronto como alguien descolgó al otro lado.

**25 del 12**

Allí estaba, junto a una de las patas del sillón marrón, se agachó torpemente y la agarró. Con ella en alto escudriñó el árbol buscando el posible hueco donde ésta mancara, no lo hayó; por el contrario, su brillante superficie plateada le devolvió el reflejo combado de su mujer, quien iba a la mesa cargando sendas bandejas con huevos rellenos y croquetas. Derivó su mirada hacia la chimenea donde tres días antes su hija había colocado espumillón rojo en la repisa y completando la decoración con tres bolas a cada lado, de las cuales, él sostenía una en la mano derecha.

El timbre de la puerta sonó, Patata salió corriendo hacia ella resbalando cómicamente en el parquet. "Ya va, ya va; tranquila Patata" Quejose el señor Miguel falto de brío, arrastrando el peso de toda una vida en aquellas palabras, tras colocar la bola en su sitio. La perra saludó con entusiasmo aunque pareció no encontrar a quien realmente buscaba; dio media vuelta y regresó a su pequeño cojín frente al radiador. Los invitados dejaron los abrigos en la habitación de la entrada y pasaron al salón donde la gran mesa copaba el espacio. El hombre saludaba cabizbajo, escueto en jerga y avaro en risa; "Pondré el cava al fresco" Comentó Rosa tras besar a su padre sin saber que decir.

El bol de macedonia estaba casi lleno, naranja, fresas, kiwi, plátano, piña; el postre favorito de Harry pensó Magalí. Posó el cuchillo en la tabla de la que goteaba el jugo de la fruta recién cortada, para abrazar a la hermana mayor en cuanto la vio entrar en la cocina. "Las pondré en la nevera" Alcanzó a decir con un nudo en la garganta; la señora Teresa atisbó el abrazo de sus hijas al tiempo en que probaba de la olla la sopa de *galets*. "Huele riquísimo mamá" habló Rosa acercándose a ella seguida de la menor. El timbre sonó de nuevo. Las lerdas pezuñas deslizando hasta la puerta. "Ya va, ya va; déjame abrir Patata." Las tres se miraron suspirando una sonrisa al oír el lamento del padre.

Patata oteó la apática acogida del resto de invitados, tampoco en esta ocasión tropezó con el rostro añorado; regresó a su cojín para enroscarse en si misma. El mayor de los hermanos, Roger, tras dejar la chaqueta, persiguió los noveles pasos del pequeño Pere; éste se abalanzó sobre la perra, obligándole a girar las orejas amortiguando el agudo chillido del niño. Padre e hijo allí agachados, escudriñaron la decoración mientras acariciaban al animal. El árbol con los regalos en la base, el pesebre en lo alto del mueble rodeado de fotos de familia, espumillón carmín a doquier, la gran mesa presta para la comilona; todo como cada año, aunque en la última vez no hubo poinsettia y la chimenea estaba apagada, pensó. "¿Quién habrá decorado?" Le preguntó a su hijo sin esperar respuesta alguna. "Tu hermana Magalí…. ¿Ya no saludas a tu madre?" La calidez de la voz le erizó la piel. Su forma de arrastrar las palabras, de encadenar las unas con las otras en aquella dicción perfecta, grave, profunda, aunque indudablemente femenina; por algo su voz había llenado tantas horas de radio en el pasado. Roger se levantó, con el pequeño en brazos, para abrazarse a su madre. "Anda vamos a la mesa para el aperitivo, nos hará bien a todos" Continuó doña Teresa.

Harry estaba sentado en el sillón marrón contemplando a su familia; ellos, alrededor de la mesa charlaban, reían, uno u otro se le acercaba llevándole pequeños bocados de conversa que para él eran todo un esfuerzo. Le costaba beber, padecía al mantenerse en pie, respirar; le costaba la vida vivir. Su hermana le ayudó con los motivos navideños, él no hubiera sido capaz. Desde niño le encandilaba la Navidad, se ocupaba de organizar la comida, el amigo invisible para los regalos, la mesa, el árbol, el pesebre.

Roger sumergió la memoria en el sillón marrón, buscando en su vacío la silueta de Harry que lentamente se perdía como se pierde un garabato en la orilla del mar. Eso era, pensó; el océano. Así había sido la enfermedad. Una marea que lentamente se había retirado, dejando al descubierto la arena mojada. Piedras que emergen bajo el marchito índigo salpimentando la playa, las rocas plagadas de moluscos que una tras otra continúan el trazo emprendido por el espigón allá donde antes hubiera agua, montones de conchas y piedrecitas desgastadas por el tiempo que Harry no tuvo. La vida se le fue retirando del cuerpo como una acechante bajamar, dejando a la vista sus huesos, arrebatándole los músculos, amarilleando su piel, mostrando su mirada ojerosa; en él, el sonido de las agónicas olas eran los pulmones en busca de una brizna de aire. No hubo luna, ni sol, ni pleamar alguna. Roger volvió en si tras el acecho de su hermana Rosa que le ofrecía una copa de cava.

Rosa encontró en su hermano rasgos de Didac, o Harry, como le gustaba llamarse; facciones angulosas, masculinas, con cierta sorna en la mirada. El de Harry era un rostro mas sutil, delicado, jovial; el de Roger advertía el rictus de hermano mayor. Ella estaba en casa cuando les anunció su cambio de nombre, fue después de matricularse en el *Institut del Teatre*; quizás por influencia materna siempre mostró facilidad y maña con la farándula. El eco de su contagiosa carcajada era la huella perenne en la casa, su energía; fuera esa la fuerza con la que afrontó su dolencia desde el principio. Siendo él, en muchas ocasiones, quien animara al resto. Lo que vosotros haréis mañana yo debo hacerlo hoy, decía. Rosa cruzó la vista con su padre. "Pondré algo de música" Dijo el hombre incapaz de aguantarle la mirada.

La orquesta hilvanó la suave melodía, perfecta armonía en un crescendo moteado por dramáticos silencios, un sutil soplido de los vientos y, el piano. Él solo primero, luego con las cuerdas al fondo recorriendo el pentagrama en su devenir melancólico. Sosegada tonada cargada de emoción sustentada por acordes, arpegios y notas. El maestro golpea las teclas sin derramar un ápice de la tensión que éstas, junto con los violines, violonchelos, bajos, trompas y oboes, mantienen en vilo pautadas por la afligida sinfonía. Estallando, tras un frágil pasaje en una cadencia distinta, para arrojar todo el sentimiento que han estado cosechando antes, ágil, delicado, pero al tiempo poderoso, descarado y vivaz. Así es el quinto concierto para piano de Beethoven, EL Emperador, tenue, triste al principio; aunque cargado de savia y luminoso al final. El señor Miguel se sacudió el quebranto como lo hiciera el compositor Germano al final de esa pieza, la favorita de Didac, la que siempre le pedía que le tocase al piano; una y otra vez. Su hijo aprendió de su mano el manejo de ese instrumento, inmensas tardes de los dos sentados en la banqueta acariciando las blancas y las negras, repasando pentagramas, admirando partituras. Su mujer lo observaba desde el otro lado de la mesa, disimulando con una croqueta de bacalao en la mano, sabiendo el son del pensamiento del otro, el evoco de la música.

La señora Teresa paladeó la croqueta sin encontrar el sabor de antes. ¿Qué querrás para tu cumpleaños? Le preguntó a su hijo. Harry arqueó una ceja exageradamente, altanera ella tiró del extremo derecho del labio hacia arriba, como lo hace el hilo con la marioneta, confiriéndole una expresión de mofa.  Quiero una Navidad, respondió él dejándola helada al percatarse de su desatino. ¿Qué sentido tenía un regalo para quien no lo disfrutaría? Eso hicieron. Engalanaron la casa en pleno Julio. Didac contaba ya con pocas fuerzas, feneciendo circundado por la fiesta. Restaba poco para agotar la cuenta atrás que el oncólogo precisara tiempo a, hasta ese momento nada lo había frenado. Se embarcó en mil y una historias, no se le pasara alguna; hasta tuvo un pequeño papel en una teleserie, en la que hizo de enfermo terminal, por su delgadez y capacidad mimética con el personaje le dijeron. Teresa puso el grito en el cielo cuando él lo aceptó, testarudo, hizo caso omiso; relegándose a la butaca solo cuando su propio organismo languideció. Magalí posó la mano en su madre, alrededor de su hombro, ésta se estremeció; las arrugas y frunces del rostro liberaron la congoja, doña Teresa transpiraba sollozos.

Sopesó el paquete; nerviosa, tiró de un pliegue del papel rojo dejando entrever el cartón de la caja. La abrió.  Harry, desde el sillón, le gritó clavando sus pupilas en las suyas que no dijera nada, que callara, que disimulara todo lo que pudiera. Magalí mostró su regalo, los zapatos que deseaba; ocultando el resto del contenido, tras leer la escueta nota, bajo el envoltorio. Al día siguiente, arropados por la quietud de la casa vacía, lo hicieron.

Harry en la butaca, la hermana frente a él cámara en mano, el emperador de Beethoven de fondo, no había texto escrito, solo un hasta luego sincero. La familia quedó atónita cuando, al comienzo del amigo invisible que siempre hacían después del aperitivo y antes de la comida, Magalí pidió la atención de todos y puso la grabación. Fue su regalo las últimas navidades, no pude decir que no, se excusó ella. "Patata y yo; nos llena de orgullo y satisfacción" Harry sonrió al objetivo alzando la ceja. "Aquí estoy como cada año, en el aroma de la chimenea, colgado del espumillón, en vosotros; no me lo podía perder..." Apenas un hilo de voz se trenzaba con el piano y la orquesta. Magalí repartió entre los presentes las pulseras de cuero que tejió para cada uno de ellos, dejando en la caja una docena de ellas para los que tuvieran que venir; explicaba él en la pantalla. "Las he hecho yo mismo, como aprendí en mi viaje a Australia. Una para cada uno y el resto para los sobrinos que espero sepan de mi" La voz apagada de Didac danzaba con el calmado susurro de la música. "Saborear el presente y los pequeños momentos como éste en el que estáis para sentiros vivos. No dejéis de hacer nada porque yo me fui; yo ya lo hice, todo cuanto quise. ¿Hubiera hecho más? Quizás sí pero lo importante es como vives, no cuanto, y la mía no ha podido ser mejor" Patata levantó las orejas como si hubiera reconocido la voz de su dueño, olfateó y volvió a su cojín sin encontrar su rastro. Tras los compases de silencio la orquesta irrumpió con fuerza bajo el piano.

"...me marcho sin cerrar, solo entornaré un poquito para poder velaros por la noche. La marea volverá a subir pero yo me quedaré en mi estoa de bajamar; aunque si os veo cabizbajos, furioso, organizaré tormenta y golpearé vuestra memoria. No quiero ser lastre que os hunda, solo recuerdo que os alimente. Feliz Navidad."

6 del 1

Percibió el olor a lavanda de las sábanas, el tacto suave del lino, el bisbiseo de la tela acariciando su piel. Inspiró profundamente antes de vislumbrar un nuevo día. La luz tamizada por el vaho de los cristales bañaba la habitación; reflejándose por doquier, en la ropa de cama, en las cortinas abiertas, en el tapete de hilo de la mesita de noche, en las paredes empapeladas de tenue color hueso, incluso en los dos sillones orejeros de piel marrón enfrentados entre si. El mobiliario de roble añejo cargado de molduras: la cómoda con el espejo, el armario de tres puertas, la mesa redonda repleta de fotos postrada entre las butacas, el catre de matrimonio; todos, se empeñaban en restar claridad a la estancia, aunque sus superficies barnizadas resplandecían como lo hace el mar cuando aparece el sol en el horizonte, dejando que las ondas, aguas y betas de la madera se ruboricen ante el sol vespertino.

Doña Teresa se incorporó, posó los pies lentamente sobre la alfombra, tanteó hasta calzarse las zapatillas y se puso la bata que restaba al final de la cama. Se dirigió entonces hacia la ventana, como había hecho en incontables mañanas, aunque atisbó poco. Deshizo sus pasos hasta la mesita de noche, agarró las gafas y regresó. Ahora sí, pensó. Erguido en el centro del jardín cubierto de escarcha, el almendro que su padre plantó cuando era niña; si bien hogaño necesitaba de lentes, no recordaba un solo día sin contemplarlo desde su habitación.

Voces enmarañadas de pasos resonaron en el corredor. La puerta se estampó contra la pared, dejando que el alboroto se colara en la quietud de la cámara. Teresa sonrió al árbol los buenos días, tomó aire y giró despacio. Al instante dos brazos trataban de agarrar su cuello, dos manos tiraban de su bata y, otras dos, buscaban desesperadas a sus homónimas bajo las mangas de guata. "¡Yaya, yaya!" Gritaban a coro las tres diminutas voces. La señora Teresa se dejó arrastrar hasta el pasillo; trató de zafarse de sus captoras con cariño para, asiéndose a la baranda, bajar las escaleras peldaño a peldaño.

"Tranquilas, tranquilas. ¡Sssssh! Que despertareis a las mamás." Susurró la abuela sentándose en su butaca; las niñas se abalanzaron sobre los regalos esparcidos por el sofá y la alfombra. En un instante papeles de todo tipo y colores se amontonaron alrededor de Teresa. Para las gemelas, Mar y Tania, era ya el tercer día de reyes tras llegar a casa desde Mongolia; mas para Beatriz, era el primero. Bea, un año mayor que sus hermanas de mirada rasgada, contemplaba atónita el espectáculo, haciendo fulgir sus ojos como perlas de nácar incrustadas sobre caoba.

Doña Teresa quedó despaciosamente hipnotizada; celofanes chillones, rojos, azules, risas, traqueteo de cajas y juguetes. Recostó la cabeza sobre el respaldo del sillón…

…Teresita trae ya un rato despierta, inquieta. Se descuelga el día clareando la habitación. Finalmente, su codo le traiciona acoplándose levemente sobre el costado de su hermana y compañera de catre. La una se queja, la otra ríe. De un salto alcanzan la ventana donde, de puntillas, atisban el pequeño almendro cubierto de escarcha. Padre saluda desde el granero, las hermanas agitan nerviosas sus manos provocando una carcajada paterna. La puerta golpea con fuerza la pared, los hermanos varones las invaden. El mayor, con su voz de gallo, las apremia secuestrándolas escaleras abajo donde encuentran una caja con lazo para cada uno. Es todo lo que la post guerra les permite; eso, y el chocolate desecho de los días de guardar. El aroma a cacao precede a madre cargando la bandeja...

..., el olor a café recién hecho y la suave voz de su hija la devuelven al presente. "¿Quieres uno mamá? Te habías quedado traspuesta." La joven le alarga una taza humeante, sentándose a su vera con la suya en las manos.

"Yaya, éste es para ti" Dice Beatriz hábil con las letras, señalando el cartel con el nombre. "Y éste para ti, mami"

Madre e hija abren sus regalos ante la mirada de las pequeñas; teresa descubre el jersey que vieran las dos paseando por el centro de la ciudad, la misma tarde en que la joven se fijó en el par de botas que sostenían sus manos.

"Esta cajita también, dice mamá" Irrumpió Bea echándose en brazos de su madre.

"¿A sí? Pero creo que éste es para mami Rosa; yo ya tengo el mío...." Respondió sonriendo a doña Teresa y acariciando el pelo de la pequeña, quien salió corriendo hacia la cocina.

Rosa se plantó en el quicio de la puerta con una mueca interrogante, el delantal puesto, Beatriz en brazos y la cajita en la mano que le quedaba libre bajo el culo de la cría. Se aproximó hasta los sofás y se sentó dejando a la niña en el suelo. Abrió nerviosa la cajita para descubrir una alianza con un pequeño rubí sin tallar encastado en oro blanco. Con los ojos vidriosos se abrazaron las dos ante la mirada de la señora Teresa y las niñas. "Pues claro que quiero, tonta…." Alcanzó a decir Rosa.

**Los abuelos**

Uno de los dramas de volver de viaje es enfrentarse a una nevera vacía, aunque ese no fue mi caso, tenía un yogurt de fresa esperándome.

Gracias a los años trabajados como guía turístico conseguí depurar mi técnica para calcular los trayectos y evitar las horas de espera en los aeropuertos. Nicoleta y Adrián prefirieron ir con tiempo de sobras, levantándose pronto, pero quedándose dormidos en uno de los bancos de espera de la terminal; los vi correr por la pista desde la ventanilla de mi asientos, sudorosos, para alcanzar la escalera del avión.

Aterrizamos en Nápoles a las diez y media de la mañana; adormilados, cogimos el autobús que nos llevó hasta la plaza Garibaldi. Callejeamos bajo la molesta lluvia para encontrar la pensión donde dormimos los siguientes dos días. Anduvimos un buen trecho serpenteando por las callejuelas vapuleados de lado a lado por los coches y motos que pitaban a su paso. Los anárquicos adoquines jugaban con las ruedas de las maletas obligándonos a sortear los charcos de agua. El vocerío napolitano se mezclaba con el traqueteo del equipaje y los tacones de Nicoleta, resonando en las ennegrecidas fachadas palaciegas que, convertidas ahora en humildes viviendas, arrojaban a la calle su historia en forma de ropa tendida de casa en casa pendiendo de cuerdas.

Llegamos a la dirección indicada. Nicoleta el segundo de los cuatro botones del interfono. "Soy Nico, tengo una...." La puerta estrecha de hierro se abrió tras un zumbido eléctrico dejando callada a mi amiga. Ella y Adrián saltaron el marco de la cancela acarreando las maletas. Tras una angosta entrada abovedada, que nos protegió de la lluvia por un momento, un atrio ocre de cuatro alturas se abrió ante nosotros; en cada una de las plantas tres arcos mostraban el corredor que distribuía las estancias del palacio alrededor del patio de luces, en el centro de uno de ellos la marchita escalera de mármol se mostraba aún altiva. Nicoleta y Adrián fueron engullidos por el edificio tras atravesar la intensa cortina de agua, mientras yo, trataba de liberar mi maleta atrapada en el marco metálico.

"¡Mario!." La puerta soltó la maleta quizás asustada por el imperativo comando de Adrián, me apresuré subiendo las escaleras, llegando sin aliento a la pensión situada en el segundo piso. Nos mostraron la habitación que aceptamos sin problemas, pasamos por el baño por turnos mientras los otros deshacían rápidamente la maleta, para lanzarnos a la calle en busca del antiguo piso de estudiante de Nicoleta.

Encontramos a Andrea con un café a la avellana en la mano, sentada en un bar delante de su casa; de estatura media, cabello corto azabache, nariz prominente, emanaba de ella un carisma particular que sin ser especialmente bella la hacía atractiva. El rostro se le iluminó con una sonrisa al descubrir a su vieja compañera de piso, Nico se abalanzó sobre ella fundiéndose en un largo abrazo. Después de presentarnos, tomamos también un café avellanado, buscamos cobijo en el llano interior del garito sin encontrarlo, un minúsculo toldo a pie de calle nos amparó de la lluvia que nos acompañaba desde el aterrizaje.

La camarera nos señaló la mesa que debíamos ocupar delante de la barra , con la escalera a nuestra derecha. El comedor rebosaba aroma a queso fundido y leña, mesas cuadradas de pino con sillas a juego, manteles a cuadros rojos y blancos, una legión de fotos colgadas en las paredes ribeteaban la sala. Andrea nos explicó que los veintiún nombres de pizzas de la carta correspondían a los descendientes de los abuelos fotografiados en el dorso del menú; no tardaron en traernos las cervezas y las desbordantes pizzas.

Esa silla era la primera que tentaban mis posaderas tras haber abandonado el avión esa mañana. Andrea nos paseó por casi toda la ciudad tras el café frente a su casa. Comenzamos subiendo a *Castel Santelmo*, situado en lo alto de una colina de un barrio residencial; pudimos hacernos una idea del tamaño de la ciudad con el puerto a nuestros pies y el Vesubio vigilándonos en el horizonte. *Spacca Napoli* dividía en dos la maraña urbana moteada por cúpulas y campaniles, pareciera estar trazada con tinta negra por algún arquitecto caprichoso. Andrea nos contó que por su estrechez y situación casi nunca recibe luz del sol, adquiriendo así ese aspecto sombrío desde lo alto del castillo.

Con el funicular regresamos al centro paseando por el barrio español, la plaza del plebiscito y el palacio real, las galerías Umberto primero con el teatro San Carlo de opera en frente y *Castel Nuovo* al fondo; donde una manifestación en contra de los recortes del gobierno puso la banda sonora desplazando de mi cabeza a la sacerdotisa Norma; quien, de la mano de Bellini, luchaba por mantener a raya el escandaloso tráfico y las abultadas conversaciones que los napolitanos aireaban sin tapujos.

Durante la sobremesa Nicoleta se mostró mas pendiente del teléfono que de nosotros, excusándose al fin para ir al encuentro de un antiguo amigo. Andrea, Adrián y yo terminamos la noche bebiendo Peronis en la plaza de la universidad junto a centenares de estudiantes desocupados.


Nápoles amaneció lluvioso y la cama de Nicoleta vacía; nos despertó su mensaje, había pasado la noche con su amigo, con el que continuaría toda la mañana; así que Adrián y yo nos encaminamos hacia Pompeya.

Caminando por entre las ruinas de antiguas civilizaciones uno sólo espera encontrarse piedras amontonadas al son de los tiempos. En el mejor de los casos, puedes hacerte una idea de cómo la gente del lugar vivía entonces inhalando su recuerdo. En Pompeya las piedras gritan su historia, sus calles, los palacios, las casas, las tabernas, la casa del lobo, los cuerpos atrapados en ceniza, las termas; todos los rincones de la anciana villa arrojan al viajero su pasado sin tapujos. El Vesubio, presente desde casi cualquier punto, vigila la ciudad que un día decidiera preservar de la codicia humana cubriéndola con un manto de sus propias entrañas; forzando el nacimiento de la hija pródiga, Nápoles. Vagueando por los surcos y cicatrices que la vida a hurgado en la devota madre descubres los mismos rasgos habidos en su retoña, quien sigue las directrices de su mentora.

Regresamos a Nápoles con la mochila llena de anécdotas que un guía nos regaló: como recuperaron los cuerpos gracias a una técnica de un osado arqueólogo que inyectaba yeso en las cavidades que los cuerpos dejaron en las cenizas utilizándolas como moldes; como diferenciar las viviendas (con puertas batientes) de los negocios (con puertas correderas); como las putas aullaban para reclamar la atención de los marineros recién arribados a puerto, dándole al burdel su nombre; incluso tocamos con nuestras propias manos un cráneo de un niño.

Nos refugiamos en casa de Andrea, después de haber pasado por la pensión para ducharnos y cambiarnos de ropa antes de cenar. Nicoleta apareció cuando nos sentábamos a la mesa a degustar un plato de pasta hecha por su madre, a la que ella agregó salsa de tomate y albahaca; estaba hecha una furia, con los ojos rojos y cara de pocos farolillos. Ella y su amigo se disponían a retomar lo que seis meses atrás dejaron cuando Nico se fue a vivir a Barcelona; el problema se presentó cuando la otra amiga de éste, llamó por teléfono pidiendo explicaciones acerca de su paradero. Al parecer Nicoleta, aun sabiendo de la relación con la otra, no se tomó a bien que le dedicara mas atenciones pese a que fueran telefónicas.

"¡Yo soy la que estaba en su cama en ese momento y me debe un respeto! He venido a pasar un fin de semana y le dedica mas tiempo a ella" Exclamaba encolerizada gesticulando exageradamente. Los tríos amorosos no son cosa fácil mas cuando no se acepta lo que hace el tercero en discordia y peor aún, aderezados con un toque de dramatismo napolitano.

Ninguno de nosotros fuimos capaces de contrariar a Nicoleta, de decirle que era normal que su amigo le rindiera mas atenciones a la otra chica puesto que era ella quien compartía con él la mayor parte del tiempo ahora que ella vivía en otra ciudad; pero su ego la cegaba sin dejarle ver lo que desde fuera era evidente. La conversación anduvo en círculos hasta que decidimos ponerle fin saliendo a la calle a tomar unas cervezas.

El día siguiente caminamos desde el piso de Andrea hasta *Castel del Uovo*, donde custodian celosamente un huevo que, reza la leyenda, si se rompe traerá la desgracia a la tierra; para mi hace mucho tiempo que se les rompió pero claro, no iban a derribar el castillo por ello. Pasamos de nuevo por la Plaza del Plebiscito y rodeamos el puerto, comimos una pizza en uno de los pocos sitios que estaban abiertos mientras soportábamos otra vez la perorata de

Nicoleta acerca de su amigo de sabanas.

El vuelo de vuelta a Barcelona era a las seis de la tarde, así que después de comer cogimos las maletas para ir al aeropuerto. En el avión me senté delante de un bebe con el que comencé a jugar sin darme cuenta. Adrián me recordó la estúpida conversación que tuvimos dos semanas atrás acerca de un yogurt. Volvíamos una mañana a Barcelona en el tren, perjudicados aún por el whisky de la juerga nocturna, cuando yo me puse a jugar con una niña de no más de un año que estaba sentada a mi espalda. Él me preguntó si me gustaban los niños, yo le respondí que sí.

"¿Por qué no tienes uno?" Dijo. Respondí que de momento no era hermafrodita, estaba soltero y que si algo me daba alergia en éste mundo, era la mera idea de acostarme con una mujer. "¡Joder no será para tanto carcelera!" Me contestó.

"¡Si quieres cuando llegue a casa me hago una paja, lo meto en un yogurt como si fuera un kéfir en leche, y espero a que crezca!" Le solté sin pensar, provocándonos un ataque de risa y una mirada de desaprobación de la madre quien sujetaba a la niña.

El avión aterrizó en el Prat casi a media noche, nos despedimos en Plaza Catalunya, Adrián y Nicoleta se fueron hacia Gracia compartiendo el taxi, yo hacia mi pequeño piso en el Raval caminando.

Llegué cansado y con las tripas recordándome que lo último que habían recibido era una pizza; dudé un instante entre si meterme en la cama o comer algo. Al día siguiente debía levantarme pronto, mi turno en la prisión comenzaba a las seis, así que no disponía de muchas horas de sueño. Mi tripa se quejó de nuevo. Fui a la cocina. Abrí la nevera.

"¡Papá!" Un yogurt bio de fresa de cinco quilos se agitó al verme. "¡Papá!" Gritó otra vez para que lo cogiera extendiendo sus bracitos a cada lado del envase verde.

No puedo decir que fuera guapo, como no lo es ningún bebé recién nacido del mundo, pero en éste caso era objetivamente cierto. Tenia dos ojos enormes a cada lado de una fresa con dos agujeros por los que respiraba, las letras de la marca se convertían en una boca cuando me llamaba y dos minúsculos piececitos parecían asomar por su base de plástico. No tenia cabello y un extremo de la tapa, por la que yo había introducido mi esperma quince días antes, estaba levantada. El pobrecito trataba de ponerse en pie para llamar mi atención pero estaba atrapado entre dos estantes de la nevera, zarandeando la mantequilla, un paquete de jamón York, dos cervezas, y un paquete de galletas de chocolate, que en él habían.

Cerré la nevera de un golpe apoyándome de espaldas a ella, creo que sus brazos debieron golpearse con una botella de vino que descansaba en la puerta. Mi vida pasó por mi mente como si estuviera en ese blanco e incandescente pasillo hacia el más allá. Será el cansancio del viaje y las pocas horas dedicadas al sueño en él, masculló en voz baja. Sentí la respiración acelerada, restregué la palma de mi mano por la frete secándome el sudor que comenzaba a aparecer. No puede ser verdad, pensé.

Me incorporé, abrí de nuevo el frigo y allí estaba él, mirándome con ojitos un tanto bizcos por culpa de la enorme fresa, con los bracitos en alto esta vez. Los consiguió pasar por entre la rejilla blanca del estante superior, luchaba por ponerse en pié, los piececitos se le descolgaron por la inferior; quedando atrapado entre las dos rejillas sin poder moverse, frunció el gesto comprimiendo su fresa, movió la mantequilla con sus deditos. Me miró. "Aaaah, paaaah, papaaá" Gritó de nuevo traqueteando por zafarse para terminar haciendo pucheros con las letras.

¿Era eso mi hijo? Me pregunté cerrando de un golpe la nevera que seguía agitándose levemente.

Me recosté otra vez en la puerta después de cerrarla. Me alejé lentamente de la nevera observando como paulatinamente cesaba su ajetreo. Apagué la luz de la cocina y sin comer nada, me metí en la cama.


Seis años atrás hube llegado a Barcelona huyendo de los arcaísmos de mi Cádiz natal. Lo dejé todo: mi familia de fuertes creencias católicas, mi estable trabajo como director de una agencia de viajes, mi grupo de amigos de toda la vida; y sobretodo y lo mas importante, quise poner tierra por medio tras una crisis existencial.

Mi madre siempre supo de mis tendencias sexuales pero mi padre no, así que no quise hacerles padecer más de lo necesario; para ser sincero no tuve pelotas a enfrentarme al troglodita de mi padre. Nunca hablé abiertamente de ello con ninguno de los dos, si bien es cierto hay cosas que no hace falta mirar para verlas, ellos son de los que no ven y, por si las moscas, tan siquiera miran por si descubren algo que no querían saber.

Me instalé en Barcelona, provocando un sismo familiar, dispuesto a colorear mi gris existencia. Me arrastré por los bares gays del centro de la ciudad mendigando para conseguir un trabajo de camarero y poder pagarme las oposiciones a funcionario de prisiones.

Desde pequeño deseaba ser carcelera, ponerme mi uniforme ajustado y pasearme por la cárcel ejerciendo mi autoridad impunemente. Entrar en las duchas para cachear a los reclusos. Recorrer los pasillos golpeando los barrotes con mi porra mientras ellos, en ropa interior agarrados al frío metal, retiran sus doloridos dedos pidiendo clemencia después de haberles roto las uñas y de haberlas guardado como trofeos, en una bolsa del Carrefour. Quizás este sueño estúpido no fuera más que la revancha por tantos años de burlas en la escuela, bromas pesadas en el instituto e incluso algún que otro desplante en la universidad. Me costó conciliar el sueño pero finalmente sucumbí hasta el día siguiente.


Regresé a casa, con la compra del día, tras mi turno en la cárcel. Por la mañana salí de casa sin pararme en la cocina para el café por falta de tiempo y, sinceramente creí haberlo soñado, pero ahí estaba él.

Tan pronto como encendí la luz de la cocina y posé las bolsas en el suelo, algo se movió dentro de la nevera. El típico tintineo de vidrio contra vidrio llamó mi atención, la botella de vino debió golpear el tarro de olivas que había a su lado. La nevera se agitó de nuevo en cuanto me quité la chaqueta. La abrí.

De alguna forma se había liberado de los dos estantes quedando tumbado a lo largo, los brazos tocando el fondo del frigo y los pies rozando las botellas de la puerta. Se giró para mirarme. En cuanto lo hizo se revolvió convulsivamente deslizándose hasta el vértice; tirando, eso sí, un cartón de huevos al suelo. Gimoteaba al menearse tratando de liberar sus pestañas de la rejilla superior, hasta que se lanzó al vacío. Dejé caer al suelo chaqueta y llaves a tiempo para coger al yogur, evitando su impacto contra el terrazo.

Fue un acto reflejo, no lo pensé, terminé con él en brazos, se agarró fuertemente a mi cuello; clavándome sus voluminosas solapas del abre fácil. Sentí su cuerpecito contra el mío, como temblaba el pobrecito estremeciéndose al respirar, respiraba sí. Comenzó a llorar por el susto pero conseguí calmarlo al poco.

¿Había protegido a mi hijo? ¿Era eso instinto paterno? ¿Qué debía hacer ahora? Un aluvión de preguntas, dudas y temores colmaron mi mente. Estaba solo en una ciudad extraña con un hijo no deseado, aunque ese no era el mayor problema, claro. ¿Cómo se cría a un yogurt de fresa? Comprendí de un zarpazo a las madres solteras del mundo, siendo yo una de ellas; y a los padres de niños diferentes. Quizás y salvando las distancias, los míos se sintieron así.

Me costó decidirme pero al cuarto día me armé de valor, entré en una de esas tiendas de segunda mano y compré el cochecito mas económico que encontré. No estaba seguro de que fuera bueno para un yogurt ir al parque a tomar el sol, pero tampoco quería tenerlo encerrado en casa de por vida.

Acarreé sonrojado con el enorme embalaje hasta casa, aunque amagado, se intuía perfectamente el contorno del cochecito. ¿Qué diría si algún vecino preguntaba? También me costó lo suyo entrarlo en mi escueto piso. El yogurt me observó curioso cuando ensamblé las diversas partes del trasto, dejándolo presto en la entrada para el primer paseo al día siguiente.

Desde que lo encontrara zarandeando los estantes de mi nevera, anduvo libre por el piso, sí; pero hice los posibles por ignorar su existencia. Me seguía allí por donde yo pasaba, lo tenía pegado a los pies tan pronto como llegaba a casa. Incluso encerrado en el baño podía escuchar su respiración al otro lado de la puerta esperando paciente a que yo saliera. Así transcurrieron esos tres días, observándonos en silencio el uno al otro. Donde yo estuviera, en la cocina preparándome la cena, en el salón mirando la tele, en la cama leyendo; él, escudaba su mirada en las pestañas de la tapa, agazapado en si mismo tras cualquier mueble o esquina, o sentado con las piernitas estiradas mirándome paciente, a la espera de un gesto, de una mirada, o del mas mínimo indicio de cariño por mi parte.

Así estaba esa noche, sentado en la alfombra, con las patas a cada lado, haciendo ruiditos con la boca al tiempo en que palmeaba en el suelo, me pareció entonces no recordar la vida sin su característico perfil deambulando por el piso. Hartos de mirarnos mutuamente sin dirigirnos la palabra, cerré el libro, me arrodillé en la alfombra y, juntando los labios imité el sonido de un motor recorriendo la tapa de su cabeza con una miniatura de un volkswagen escarabajo. El crío comenzó a reír de inmediato contagiándome su risa al instante. Será mejor aceptarlo sin más y disfrutar de ello; me dije. Seguro no soy el único en esta ciudad que alcanza esta conclusión, masculló tirándome al suelo colocándome a la altura de su vista. "Mañana iremos al parque, ¿vale?" Le hablé por primera vez.

Nos quedamos atrapados entre el tercero y el segundo, me había costado lo suyo introducir el aparatoso cochecito en el ascensor y poder cerrar las puertas dobles desde su interior. ¿Es necesario semejante armatoste para transportar a cinco quilos de bebe? En mi caso era un lácteo, pero ese no era el problema, lo era el ascensor, demasiado pequeño para ese uso.

Debió ser un corte de luz porque a los tres minutos se puso en marcha de nuevo. Al llegar a la planta baja tuve que hacer de nuevo el ejercicio de contorsionismo para poder salir.

La vecina del segundo, la señora Berenguer, nos sujetó la puerta mientras observaba a mi hijo detenidamente. Le sorprendió verme cargando con un crío sabiendo de mi condición de soltero, alargó la mano para retirar la mantita que lo cubría.

"¡Qué simpático que es! Se ha reído nada más verme." Comentó la mujer algo descolocada; quedó claro que no era guapo a primer golpe de vista. Cuando de alguien se destaca su simpatía es porque no es muy agraciado. "Se le parece un poquito, ¿verdad? No sabía que usted…."

"Sí un poquito" Dije sin saber muy bien como detener aquel absurdo dialogo. Amablemente la introduje en el ascensor para deshacerme de ella mandándola hacia arriba forzando una sonrisa. ¿Cuando me ha visto a mi un código de barras en la frente? Me pregunté.

Dando un paseo llegué hasta la plaza real, el final del invierno alargaba las tibias tardes, aquella en concreto estaba bañada por una vaporosa luz naranja. Me senté en un banco colocando el cochecito de manera que le diera un poco el sol. En los bancos de mi derecha un grupo de madres charlaban y comían pipas mientras sus hijos jugaban correteando por entre los turistas que poblaban el sitio; una de ellas detectó mi mirada obligándome a bajar la mía avergonzado por mi intromisión.

Me violentaba la idea de entablar conversación con alguna de ellas y verme obligado a mostrarles al niño. Necesitaba tiempo para asimilar mi paternidad y convencerme a mi mismo de ello. Tener un crío diferente a los demás no era ninguna vergüenza, sino todo lo contrario; además necesitaba el doble de atenciones y cariño por mi parte sabiendo el rechazo que provocaría en algunas personas.

Regresamos a casa cuando la plaza quedó sumergida en la sombra y una suave brisa cargada de salitre aceleró nuestros pasos al erizarme el vello de la piel con su frescor. En el portal de casa me crucé esta vez con el señor Berenguer quién amablemente me sujetó la puerta del ascensor.

"Así que éste es el pequeñín que me ha dicho Cecilia." Me comentó inclinándose sobre el cuco para verlo de cerca. "No dude en pedirnos ayuda para lo que sea de menester, ¡joven! Ya sabe que aquí estamos solos y deseosos de llenar el tiempo que nos queda." Don Gabriel se apeó en el segundo dándome unas palmaditas en el hombro; yo por descontado le agradecí su ofrecimiento. Quizás no me vendría mal un poco de ayuda con el crío.




El sonido de una botella de vino clandestina rompiéndose contra el suelo de la calle llamó la atención del señor Berenguer que restaba inmóvil en la cama con los ojos clavados en el techo. Miró a Cecilia quién dormía plácidamente a su lado y fijó de nuevo la vista en un punto en concreto del techo hasta que…

…un golpe seco en la puerta del piso despertó a toda la familia; al que siguieron voces, pasos y mas golpes. Una voz grave y ronca pronunció el nombre del padre, un grito de mujer se ahogó tras una bofetada que resonó en toda la casa.

¡Es mamá! Exclamó el pequeño Gabriel. Los tres hermanos dormían hacinados en un cuarto sin ventana; el mayor, tomando la iniciativa, salió corriendo hacia el comedor, de donde provenía todo el jaleo. Los dos pequeños salieron a su paso.

Su madre estaba tendida boca a bajo a los pies de la mesa, con las manos a la espalda, la cabeza torcida a la izquierda con una embarrada bota de soldado pisándole la nuca. Su padre estaba de pie contra la pared que daba a la cocina, flanqueado por dos hombres apuntándole con fusiles.

"¿Por qué escondiste que la zorra de tu mujer trabaja con el cura?" Preguntó mascullando las palabras uno de ellos.

"Yo soy de los vuestros!" Gritó desesperadamente el padre con la boca pegada a la pared. El hermano mayor se abalanzó precipitadamente hacia donde estaba su padre pero uno de los hombres lo devolvió a su sitio de un culatazo de escopeta partiéndole el labio, un trozo de diente cayó delante de la cara de la madre quien no pudo articular palabra pues tenía el talón de la bota en la boca. El alboroto hizo salir a otro hombre de la cocina, se plantó delante del padre, le arrebató el arma a uno de sus compinches y disparó.

El fogonazo y el sordo estruendo dieron paso a la quietud más tensa. Los hombres desaparecieron tras el umbral de la puerta. La madre se abalanzó sobre el cuerpo de su marido desgarrándose la garganta maldiciendo a esos tipos. El pequeño Gabriel se acercó a su madre seguido por sus hermanos…

El señor Berenguer abrió de nuevo los ojos. Cecilia lo contempló con la ternura y comprensión de cuarenta años de matrimonio. "No pienses más en eso Gabriel." Le susurró acariciándole la cara.

A las siete de la mañana Berenguer bajó a tomarse su habitual cortadito y a ojear el periódico. "Cómo está hoy señor Gabriel. ¿Ha dormido mejor?" Pregunté al verle. Le esperaba allí saboreando el primer café con el cochecito y la bolsa, prestos para el canguro que aquel entrañable matrimonio me prestaban a diario desde que acepté su ofrecimiento.

"Pues no muy bien Mario, sigo con lo mismo…." Contestó Gabriel sentándose a mi lado.

"¿Lo de su padre otra vez?" Pregunté.

"¡Si hijo! todo este lío intentando buscar culpables y cuerpos. Yo mismo no se donde está enterrado mi padre y la verdad de nada me servirá saberlo, solo quiero que me dejen disfrutar de los sueños que me quedan y no llenarlos de los fantasmas del pasado."

"Pero, perdone que le pregunte. ¿Fueron los nacionales los que mataron a su padre?"

"No Mario, fueron los que luchaban con él, los propios republicanos. Mi madre limpiaba por aquel entonces en casa del cura y ellos dijeron que era un agente doble o algo parecido." Contestó para quedar de nuevo nublado por los recuerdos.

Rogelio y Cecilia vivían solos en el segundo piso puerta B. Eran un matrimonio encantador, ella había regentado la farmacia del barrio toda la vida y él trabajó en el *Tramvia Blau*, primero cobrando el importe del billete cuando era un chaval para terminar encargándose de la intendencia. Tuvieron solo una hija, Margarita, a quién todo le dieron y quien no dudó ni por un momento en cogerlo e irse a la otra punta del mundo por si la necesitaban, lamentaban ellos.

Margarita se casó con un americano loco por los ordenadores, vivían en San Francisco en el Valle del Silicio. Una vez al año su hija venía a Barcelona con sus dos hijos a visitar a los abuelos. "No es mala hija" Rezaban ellos, pero siempre le recriminaron que viviera tan lejos. "¡Lo hemos hecho todo por ella!" Solían lamentarse. Ella constreñida se excusaba en que la vida la había arrastrado hasta allí; y que, si por ella fuera, se los llevaría a California. Pero los Berenguer no querían ni oír ha hablar de eso.

Una de las veces en las que Margarita vino a Barcelona me comentó en privado que sus padres nunca ejercieron como tales, lo fueron sí, pero a su manera, o mejor dicho, como Cecilia creyó que era mejor hacerlo; no dejándola vivir como ella hubiera querido. Por eso se vio empujada a irse, para poder respirar. Aunque le apenaba sin mesura no estar en Barcelona, siendo ellos mismos sin saberlo los que la obligaron a dar ese paso.

Miguel, así llamé a mi yogurt de fresa, comenzó a dar los primeros pasos con apenas dos meses, tiempo en el que ya hablaba por los codos. A decir verdad lo que se dice codos no tenía, sus brazos eran extensiones de plástico flexibles sin articulaciones visibles, uno a cada lado de su cuerpecito verde.

Como decía, Miguel, pasaba más horas en casa de los Berenguer que en la suya, ellos adoptaron al pequeño como si de su propio nieto se tratara sin importarles sus diferencias, de lo cual yo siempre les estaré agradecido. Lo sacaban a diario al parque, le daban de comer, de merendar, dormía con ellos cuando yo tenía turno de noche o me escapaba de copas. Una vez en semana, Don Gabriel, lo llevaba al *Tramvia Blau* para subir al Tibidabo.

Yo lo recogía al llegar del trabajo, le daba de cenar y lo bañaba antes de acostarlo; el pequeño me relataba todo lo que había hecho con los abuelos, incluso me sorprendió un día tarareando la melodía de "e lucevan le stelle". Don Rogelio y doña Cecilia eran grandes aficionados a la opera y le enseñaban las arias más populares del repertorio.

Fue él mismo, Miguel, quién desató mis sospechas una noche al acostarlo; su vocecita había resonado incansable durante el baño y la cena, hasta que a la hora de arroparlo en la cama una palabra hizo saltar como un resorte la voz de alarma en mi interior. Amigo. No lo dijo solo una vez, tampoco supe si lo había dicho antes.

"Mi amigo dice que soy diferente ¿Por qué no llevo ropa? Y mi amigo dice que no corro tanto como él ¿Por qué yo no puedo?" Preguntó acurrucándose en la almohada entornando sus ojitos. Volví la vista hacia el armario ropero, me levanté y lo abrí: tres chaquetas, dos mantitas para el cochecito, un par de zapatitos, un gorro y una bufanda.

Le arreglé el que fuera hasta entonces el cuarto de los trastos; me informé concienzudamente sobre los pros y los contras, sobre si sí o si no; pero decidí que desde el principio mi hijo durmiera en su propia habitación. Compré una cama individual evitando el trance de la cuna, aunque no tenía claro como de alto sería el yogurt, claro. Instalé una mesita de noche y un cabezal, una colcha con motivos frutales a juego con la cortina, la mayoría de ellos fresas para que se sintiera mas cómodo. A los pies de la cama dispuse un pequeño escritorio para que en el futuro pudiera hacer los deberes, jugar con plastilina o colorear a sus anchas cuantos papeles quisiera; junto a la mesa estaba el armario ropero de dos puestas con un set de cajones, todo en color haya, y todo bastante vacío.

Un amigo me dijo que huir, junto con no querer ver un problema, son la forma mas simple de autodefensa; podríamos decir que son casi la misma. Lo niegas, no lo aceptas y, por tanto no existe problema alguno. La chaqueta, un gorro, una larga bufanda; ni rastro de camisetas, pantalones, ropa interior. Cuando huí de mi ciudad dejando allí a mi familia solucioné mi problema, tapar el contorno de Miguel con un abrigo holgado ¿Lo hacia? Sacarlo a pasear sabiendo que a esa hora los otros niños están en el colegio, cubre el problema pero no lo soluciona.

Los Berenguer y yo mismo estábamos aislando a Miguel, apartándolo del resto de niños como ya hicieran ellos con Margarita. Esa táctica no les dio buenos resultados, tampoco aceptaron nunca que ella se fuera por esa causa, culpándola a ella de egoísta. Yo por mi parte miraba hacia otro lado, como lo hacía mi madre conmigo. Qué curioso ver el mismo patrón de comportamiento repetido hasta la saciedad ¿No?

El tobogán, el sube y baja, los columpios, chutar la pelota; Miguel había estado jugando por primera vez con otro niño.

Cerré las puertas del ropero, me senté en la cama y lo miré a los ojos. Tarde o temprano deberá enfrentarse a los otros niños, salir al mundo real sin el parapeto familiar, afrontar su realidad; pensé, como lo hice yo en su momento.... "¿Soy un yogurt, papá?" Preguntó mirándome fijamente.

La idea de separar a mi hijo de sus abuelos comenzó pronto a turbarme; pero creí conveniente llevarlo a alguna guardería del barrio para que se relacionara con otros críos. Sabía que mi propuesta no sería bien recibida por ellos. "¡No es como el resto!" Decían cada vez que yo les sacaba el tema desarmándome con su mirada; no quería ser yo el que los alejara de nuevo de un ser querido. "Solo unas horas, por la mañana..." Trataba de argumentarles, pero ellos se enrocaban tras esos ojos temerosos cargados de pena.


Gabriel Berenguer reflexionó largamente estirado en su cama. Cuando era tan solo un chiquillo, en una mañana de mala fortuna, perdió a su padre a manos de unos locos en nombre de la libertad, curiosamente la misma causa que el buen hombre defendía.

Aquella guerra retorció y transformó su mundo, su existencia, y condicionó también su futuro.

Los ejércitos se empeñan en buscar enemigos donde no los hay, claro, de eso depende su razón de ser; pero cuando éstos encuentran sus émulos en su propia casa, en su misma tierra, son de su misma familia; nada es más perverso que luchar contra un espejo, contra uno mismo, contra tus propios miedos....

La madre los sacó a delante a pesar de la postguerra, trabajando de lo que nunca dijo para traer algo de pan a diario, ausentándose perennemente, dejándolos a cargo del hermano mayor. Se sentían continuamente señalados por hallarse en el bando de los perdedores; sí, su padre fue un republicano muerto a manos de los republicanos; aunque, ¿no fuimos todos vencidos a manos de nosotros mismos? Creció con recelo, aprendió a vivir con miedo, a sentirse amenazado.

El asesinato de su padre le mostró que todo lo conocido puede desvanecerse en un instante. La vida es un castillo de naipes expuesto a un constante ventarrón. Margarita, su única hija, se le escapó de las manos como el que aprieta una húmeda pastilla de jabón; él y su mujer solo quisieron protegerla pero la asfixiaron.

¿Por qué nos dedicamos acometer los mismos errores una y otra vez? Se preguntó Gabriel entrando en el bar de buena mañana, Miguel y yo le esperábamos en la mesa de la esquina, al lado de la cristalera que daba a la calle. Miguel se revolvió en el cochecito hasta que el señor Berenguer lo cogió en brazos para sentarlo en su regazo.

"¿Cómo ha dormido hoy?" Le pregunté mientras se servía la sacarina y la diluía en su cortado. De nuevo, los ecos del pretérito, habían colmado de desvelo el cauce de sus sueños, avivados quizás, por la sombra de la guardería de Miguel.

La tarde anterior, al pasar a recoger al niño por su casa, les expliqué que había encontrado una plaza en un centro del barrio, solo sería por las mañanas, de nueve a una. Me entrevisté con la directora del centro y rellené los formularios para inscribir a Miguel. Esa misma mañana los cuatro iríamos allí para dejar a Miguel en su primer día de colegio.

"Cecilia ahora baja, ya sabes, las mujeres siempre tardan más que nosotros en arreglarse..." Berenguer quedó callado mirándome risueño. "Bueno a lo mejor no lo sabes y eres tú el que se acicala a conciencia antes de salir de casa...."

Miguel extendió sus bracitos llamando a su abuela quien en ese momento aparecía por la puerta, vestida para la ocasión, con su pelo plateado perfectamente peinado y un leve toque maquillaje en su rostro. "¿De qué se ríen estos dos? ¿Cómo está mi niño hoy?" Cecilia colmó de besos al crío arrebatándoselo de los brazos a su marido, me obsequió con una severa mirada y salió a la calle sin mediar palabra. "Déjala, ella es así. Ya se le pasará" Lamentó el señor Berenguer abandonando su silla con cierta dificultad.

"¿Le puedo preguntar algo personal señor Berenguer?" Cecilia caminaba unos metros frente a nosotros empujando decidida el cochecito, del que de vez en cuando, asomaba alguno de los bracitos de Miguel. Gabriel se detuvo un instante, cogió aire como si fuera a realizar un salto al vacío y posó su mano izquierda en mi hombro derecho. "Pregúntame lo que quieras Mario" Respondió afable.

"¿Cómo se conocieron Cecilia y usted?" Gabriel continuó con su sosegado caminar al tiempo que comenzó con su relato.

"Cecilia, ¡oh! El día en que la vi quedé prendado hijo…,aunque ella tan siquiera supo de mi existencia hasta mucho tiempo después. Mi hermano mayor, Aurelio, adoptó el rol de cabeza de familia tras la muerte de mi padre; mi madre la pobre, trabajaba todas las horas posibles, casi no la veíamos, pero fue la única forma en que los tres hermanos pudiéramos ir a la escuela.

Aurelio nos inculcó sus ideales anti-fascistas, el valor del trabajo y todas esas cosas; aunque lo más importante para mí fue que nos introdujo en la lucha clandestina contra el régimen. Al principio no fue mas que un juego para Jacinto y para mí; poco a poco se convirtió en una especie de tributo a nuestro padre, hasta que, cuando yo tenía unos diez y siete años apareció ella.

Nos reuníamos en la trastienda del comercio de ultramarinos del barrio; el dueño, un convencido anarquista nos lo cedía gustoso y ayudaba en todo lo que buenamente podía a la causa. La sala era angosta y lúgubre, repleta de cajas y humo de tabaco de liar, pendía del techo una incapaz bombilla sujeta por un cable untado de historia.

Las campanillas de la puerta del negocio anunciaron la llegada de alguien. Callamos. Tres golpes en la pared de la trastienda indicaron que ese alguien quería participar en la reunión; Aurelio abrió la puerta. Dos tobillos perfectos ceñidos por una cinta de cuero marrón ataban los lustrados zapatos, un sencillo vestido rosa pálido insinuaba su figura, el pelo castaño recogido en un moño, sus armónicos rasgos precedidos por una mística sonrisa iluminaron la luctuosa estancia.

Mi hermano y ella se observaron por un rato, no fue mucho, pero me pareció una eternidad. Esperé a que sus miradas se desconectaran para tener la oportunidad de perderme en los ojos de ella.

Esta es la camarada Cecilia, dijo el tendero rompiendo el momento, ha insistido tenazmente por pertenecer a éste grupo. Mi hermano la sentó a su vera, y así se quedaron por cinco años, uno al lado del otro, hasta que de nuevo irrumpieron de madrugada unos hombres. Ésta vez fue la guardia civil, reventaron la puerta y ,sin decir palabra, se llevaron a Aurelio para siempre.

Para mi madre aquello fue un duro golpe del que nunca se recuperó, lo fue para todos claro, pero perder a Aurelio....Yo era el único que permanecía en la casa, Jacinto se había casado medio año atrás y vivía en la Masía de los suegros en Alella; trabajando en los campos, cuidando las viñas y al cargo de los animales de la finca. Jacinto nunca mostró gran interés por las actividades políticas, las siguió al principio, pero no tardó en desmarcarse, enfrentándose a mi hermano mayor para forjar su propio camino.

Yo hubiera querido hacer lo mismo, no me gustaba la idea de hipotecar mi vida por unos ideales, pero allí estaba ella y allí estuve yo. Aurelio, físicamente éramos muy parecidos, complexión atlética, fuertes, los dos heredamos los angulares rasgos de mi padre.

Lo que nunca tuve fue su valor, su carácter, la decisión, el liderazgo del que hacía gala. Todos quisieron ver en mí lo que yo sabía nunca encontrarían; no podía ser el sucesor de mi hermano, y lo mas importante, no quería serlo.

Durante un tiempo interpreté el papel, tras cada reunión acompañaba a Cecilia hasta su casa, en el camino me marcaba las directrices de lo que hacer y decir en las próximas reuniones, como aplacar las críticas e incluso como plantear nuevos retos; en pocas palabras, ella era la nueva líder aunque me utilizaba a mí para serlo. Llegó el primer beso al despedirnos, una caricia, un arrumaco, luego una cita, otra. Nunca supe si se enamoró de mi o de la sombra del recuerdo de Aurelio; más de uno me llamaba entonces el pequeño Aurelio ignorando por completo mi verdadero nombre.

Nos casamos. Aquel fue unos de los días mas felices de mi vida, y lo fue también para ella, claro. Conseguí el trabajo en el *Tramvia Blau*, ella terminó los estudios y se puso a trabajar en la farmacia de sus padres; sí ella era la hija del boticario del barrio, buena familia la suya…, ya lo creo."

Legamos a la guardería. Cecilia esperaba en la puerta con Miguelito, alta, esbelta, elegante; Miguel, con su bracito estirado colgado de la mano de su abuela, sonreía atónito mirando a su alrededor.

"Lo ves como ha sido una mala idea" Me susurró al oído para que no nos escuchara el niño cuando los alcanzamos. "Todas las madres nos miran y los críos no paran de señalar a Miguel"

Una campana sonó en el interior del edificio, las puertas se abrieron en lo alto de la escalinata que desapareció devorada por la lenta marcha de madres e hijos; al poco nos quedamos prácticamente solos en la calle, había llegado el momento. Agarré a Miguel de su manita y subí la escalera seguido por los Berenguer.

La directora del centro nos recibió junto con la que sería la nueva profesora de Miguel, se miraron sin mediar palabra, la chica agarró al niño para, acto seguido, perderse por el pasillo. "¿Son los abuelos?" Preguntó la directora indicándonos el camino hacia su despacho.

"Sí, bueno…,lo son" Dije dudoso sin saber porque nos invitaba a pasar. Cecilia se sentó en una de las dos sillas enfrentadas a la mesa tras la que se parapetaba la directora, agarré del fondo del escueto despacho una tercera para mi al tiempo en que Gabriel se acomodaba en la suya; una vez asentados, la buena mujer apartó la vista del documento que sujetaba con ambas manos, lo posó sobre el escritorio y nos miró interrogativamente.

"No me gustaría ser descortés, y no quiero que me mal interpreten pero, ¿En qué momento pensaban comunicarme la minusvalía de Miguel?" La mujer calló haciendo rebotar incansablemente la pregunta como una bola de goma en las paredes de la oficina, aunque no esperó respuesta alguna para continuar. "Ésta es una guardería infantil pública, no estamos preparados para recibir a niños con ciertas deficiencias, el hecho de esconder el problema de su hijo no hace más que perjudicarle a él mismo y a sus compañeros de clase. Es sabido que estos niños necesitan de cuidados extra que aquí no le pueden ser otorgados y, si lo son, es en detrimento de la atención que se presta al resto de compañeros….¿Me siguen?" Los tres asentimos con la cabeza.

"Me doy cuenta que en su caso la anomalía del niño es rara, como para la mayoría de los padres lo es, es por eso que; más teniendo delante a Miguel, no he querido negarles la entrada al verle, pero comprenderán que no podemos atenderle como es debido en nuestras instalaciones." La directora quedó callada por un instante esperando algún tipo de réplica por nuestra parte.

"¿Me está diciendo que me lleve a mi hijo esta misma mañana? Estaba ilusionadísimo con la idea de relacionarse con otros niños." Alegué con un hilo de voz.

"No, no. Esto sería, como bien has apuntado, perjudicial para él. Lo que vamos ha hacer es pedir la ayuda de algún especialista para que determine en que manera podemos ayudar al pequeño…; trasladarlo a otro centro no sería una medida inminente. Podemos solicitar una persona que se ocupe de él un par de horas a la semana. En cualquier caso no es bueno que oculten o pasen por alto la discapacidad del niño; que no me lo dijeran le hace un flaco favor. Tampoco se culpen por ello, la mayoría de padres actúan de la misma forma"

Salimos del despacho de la directora, Cecilia se disculpó fríamente marchándose sola para hacer la compra; Gabriel y yo emprendimos el camino de vuelta a casa. Anduvimos pensativos, ebrios de olor a escuela, la guardería evocó el incisivo aroma a niñez escondido en algún lugar de la memoria, rememorando momentos de nuestra propia infancia.

Mi padre insistía en cambiarme de escuela tratando de aderezar lo irremediable, provocándome una angustia indecible cada vez que debía enfrentarme a un nuevo colegio, a distintos compañeros. Mi madre, conocedora de mis miedos y angustias, trató siempre de oponerse a tantos cambios, pero la testarudez de él era inapelable; hasta que, con quince años, fui yo quién se plantó delante suyo no aceptando el centro escogido.

"Mientras vivas bajo este techo harás lo que se te diga" Solía argumentar el hombre ante cualquier atisbo de oposición por mi parte, manejaba mi vida, la de mi madre y mi hermana como de si de una partida de ajedrez se tratara, moviéndonos de aquí para allá a su real antojo. Éramos sus fichas y por tanto, tenía todo el derecho del mundo en hacer de nosotros lo que creyera mas conveniente, sin necesidad de consultarnos.

¿Era eso en lo que me convertiría yo con Miguel? No quería ser yo el quien, en nombre de un mejor futuro para mi hijo, decidiera e impusiera su criterio menospreciando el del propio niño. Comencé a sentir entonces el verdadero peso de la paternidad, de mi mismo dependía el futuro de mi hijo, yo le había dado la vida y ésta se sustentaba en mi existencia para su desarrollo como persona, bueno en mi caso como lácteo claro. Hay que decir que una parte fundamental de ser padre en mi caso no estaba muy clara. ¿Cómo podía yo procrear mi especie? Un yogurt de fresa no es exactamente la idea que Darwin debió tener como base para su teoría.

"Recuerdo perfectamente el primer día de colegio de Margarita…" Dijo Berenguer sacándome de lo más profundo de mis cábalas. "¿Le apetece otro cortadito señor Gabriel? Y así hacemos tiempo para ir a recoger a Miguelito…. Margarita, claro, su hija; me decía que el día de su boda fue el más feliz de su vida…"

Nos sentamos en la mesa de la cristalera con sendos humeantes cafés, yo sin azúcar, él con sacarina. Posó serenamente la cucharita en el plato tras darle unas vueltas y haberle echado el edulcorante, sonrió, su mano izquierda extendida en la mesa; la derecha, temblorosa, se llevó el vaso a sus labios. Saboreó con paciencia el sorbo de café, retornando del mismo pausado modo el cortado a su plato, sonrió de nuevo, frunció levemente el ceño al tiempo que una mueca de aprobación aparecía en su rostro.

Me perdí por un momento en su perfecta coreografía, yo me había sentado, agarrado el vaso de un manotazo y bebido casi todo el café sin darme cuenta; el señor Gabriel quizás no contara ya con la destreza de antaño, sus labios debían amortiguar el zarandeo de sus cansadas manos, pero sabía perfectamente como degustar y disfrutar de un simple café, convirtiéndolo en algo único.

"...Margarita tenía seis añitos por aquel entonces, estaba exultante con su uniforme nuevo, la peiné con dos coletas, una cada lado de la cabeza, ¡salimos de casa una hora antes! ¿Te imaginas? Quería llegar la primera a la puerta del colegio. Cecilia no estaba en casa, no se porque; quizás fuera por la farmacia o por el grupo antifranquista, qué se yo. Ya no me acuerdo, el caso es que se perdió el primer día de colegio de nuestra hija…. Sí, debía de haber regresado la noche anterior de una reunión clandestina en Montserrat pero no lo consiguió y no volvió hasta el Lunes por la tarde, eso fue; sí, ahora recuerdo, recogimos juntos a Margarita aquella tarde del colegio.

Irrumpió en nuestras vidas casi de sorpresa, de hecho lo fue; Cecilia no quería tener hijos por el momento, sus numerosas actividades no dejaban brotar en ella el instinto maternal.

Los dos primeros años de matrimonio se nos escurrieron por los dedos sin darnos cuenta, entre reuniones clandestinas, la farmacia, mi trabajo en el *Tramvia Blau*; y luego en casa, podíamos pasarnos horas el uno frente al otro mirándonos desnudos, sentados a los pies de la cama, o en el suelo, o en la cocina, encerrados en el baño velados por el vapor en completo silencio, sonriéndonos felices, relajados. Los jóvenes de hoy en día pensáis que sois vosotros quienes habéis inventado el sexo pero, créeme; no teníamos televisión y la practica hace al virtuoso.

La cuestión es que comenzó a inquietarme la idea de formar una familia, fuera por tener la mía hecha pedazos, o por la soga al cuello que fuera la suya, un lastre con el que ella no podía volar; nunca nos pusimos de acuerdo en eso.

Su padre cayó gravemente enfermo tras esos dos años, hasta entonces ella ayudaba en la farmacia, pero sus padres eran los que se ocupaban de ello. El ictus de mi suegro zarandeó los cimientos de su casa, como lo hicieran aquellos hombres y la guardia civil en la mía. El hermano mayor de Cecilia, un convencido falangista, no quiso saber nada de lo que sucedía, ya que sabía muy bien lo que ocurría, me explico, ¿verdad?. La hermana pequeña era demasiado pequeña y quizás, no muy despierta para esos menesteres. La madre la ayudó en todo lo que pudo pero, los cuidados del babeante hombre postrado de por vida en la silla del salón, ocupaban la mayor parte de su jornada. Cecilia mantuvo siempre una relación muy estrecha con su padre, quedó desconcertada, trastocada, por algún tiempo; diluyendo su pena en el trabajo, se dejó arrastrar por una marea de quehaceres evaporando de entre nosotros la chispa de recién casados. Yo, una vez mas, me dejé llevar por la corriente, alejándome de la orilla en la que quería recabar, olvidando por completo mis sueños paternales.

Un año pasó hasta que Cecilia vomitó el café con leche antes de ir a la farmacia. Salió del baño con ojeras de mal dormir, su tez era pálida, trasparente, diría yo; mostrando los minúsculos capilares enrojecidos por el esfuerzo realizado, sudorosa y con los ojos inflados.

He devuelto el desayuno, estoy un poco mareada, me dijo. A la mañana siguiente se repitió la misma escena, y de nuevo a la siguiente; hasta que el médico confirmó lo que todos sabíamos, estaba embaraza. La verdadera noticia llegó tres días mas tarde, cuando una noche al acostarnos, protegidos por la manta y la oscuridad, me dijo que no podía, que no lo quería, que no se imaginaba a si misma convertida en madre."




Rogelio levantó la vista, noté como esa daga intangible me rozaba la oreja atravesando la cristalera que estaba a mis espaldas. Seguí el trazo de su mirada girando sobre mi mismo, apoyé el brazo derecho sobre la mesa y el izquierdo en el respaldo de la silla. Cecilia, parada en la calle, sonreía a su marido quien ya se levantaba para salir a su encuentro; cargaba la bolsa del pan y otra con verduras y hortalizas del mercado. Me saludó con un leve movimiento de cabeza, fría y distante, casi sin mirarme; para volver su atención hacia Rogelio que en ese momento le cogía las bolsas.

¿Se sentía así Margarita cada vez que contrariaba a su madre? Ciertamente yo no me sentía así cuando no seguía las directrices impuestas por mi padre, era mas bien todo lo contrario; un cierto deleite fluía por mis venas al saberme rebelde, satisfecho por no ceder ante sus envites, algunos de ellos anacrónicos y arcaicos. Con Cecilia, aún sabiendo que quizás ella no estuviera en lo cierto, lamentabas defraudarla, hallándote sucio por ello. Dos formas contrapuestas de ejercer la autoridad; una, simplemente por la fuerza, por la hegemonía del macho dominante; la otra, ejercida con carisma, impuesta con la razón, el conocimiento y raciocinio, aunque a veces no fuera el acertado. También es cierto que la primera, la de mi padre, no te creaba ningún tipo de frustración, remordimiento o trauma, te enfurecía nada más; la segunda, te hacía ser minúsculo, casi imperceptible a su lado, incapaz de estar al nivel deseado, deseado por ella claro; quien, sin decir una mísera palabra, te destripaba al mirarte; como lo había hecho ahora dejándome pegado a la silla del bar acercándome un poquito a Margarita.

"Ahora bajo" Vocalizó exageradamente el señor Berenguer desapareciendo por la derecha de la cristalera siguiendo a Cecilia. El bar estaba casi vacío a esa hora de la mañana, dos jóvenes apuraban sus cafés en la barra, los ecos del ajetreo de las fichas de un dómino se mezclaban con las voces de una televisión postergada en la esquina; y mi madre, su imagen me abofeteó la memoria.

¿Debía decirle que era abuela? Lo había intentado un par de veces…, lo cierto es que no sabía como hacerlo; quizás nunca supe como hablar con ella.

El descansillo de casa en penumbra, mi madre ataviada con su eterna bata de flores bañada en lágrimas sollozantes; por la puerta del salón entreabierta se colaba el crujir de la silla que acomodaba a mi padre. Agarré la maleta que descansaba en el quicio de la entrada tras ponerme la mochila a la espalda y, sin dejar de mirarla a los ojos salí de aquella casa sin cerrar.

Abandoné Cádiz hastiado, harto de no avanzar, me sabía atrapado a la espera de un milagro que nunca llegaría. Mi madre sabía de mi relación con Nacho, hice los posibles para que lo aceptaran, pero no lo conseguí. Con mis hermanas no había problema alguno, claro, pero mis padres era diferente. Antes creía que abandoné Cádiz por ahorrarles sufrimiento, quizás fuera por ahorrármelo yo. Mi madre, chapada a la antigua, siempre se mantuvo a la sombra de la que fuera la decisión de mi padre. Me fui de casa para vivir en pareja con Nacho; aunque no funcionó. Aquello originó el verdadero sismo en la familia. No superamos las presiones ejercidas por ambos clanes y nos separamos al año; fue entonces. Mi madre me negó la entrada a mi casa, aturdido me alojé en casa de mi hermana mayor hasta que tres días mas tarde compre el billete para Barcelona.

Todavía hoy me escuece la herida, la he perdonado, adoro a mi madre; pero no me defendió. Sucumbió ante los designios del patriarca, de nada valieron los esfuerzos conciliadores de mis hermanas, me echaron de casa por ser como soy. Recuperé el contacto con ella al tiempo de establecerme en Barcelona, pero ya no fue lo mismo; había perdido la inocencia para con ella, ya no era su niño, ya no existía esa prolongación del cordón umbilical que durante tantos años mantuvo una especial simbiosis entre los dos.

Un murmullo mecido por una mano a mi espalda me rescataron de mis evocativos adentros. "Ya estamos aquí, Mario. ¿En qué pensabas?" La voz de Cecilia sonó cálida, dulce y suave de nuevo; Don Gabriel me contemplaba risueño a su espalda.

"Ah! Nada, nada; solo pensaba en mi madre" Le contesté confuso por su repentino cambio de actitud.

"¿Nada, es eso para ti una madre?" Continuó diciendo sentándose a mi lado, para agarrarme del brazo tiernamente, quizás a modo de disculpa. "Por cierto ¿Cuándo viene a visitar a su nieto?" Preguntó inocente. Les relaté tomando otro café lo sucedido antes de venir a Barcelona y el porque de ello; de la mano de Miguelito estábamos estrechando los lazos de una relación que en principio no era más que vecinal, encontrando en ella el aplacimiento que en los genes no habíamos sido capaces. Gabriel no creía a mi madre capaz de asimilar a Miguel, aunque estaba seguro que mis hermanas, conocedoras de su sobrino, algo le habrían dicho ya. "De todas formas deberías decírselo…" Alegó Cecilia restregando su mano por mi espalda a modo de consuelo.

Salimos del bar dando un paseo en dirección a la guardería, el invierno se agazapaba llevándose con él las tediosas mañanas cargadas de humedad dejando al sol brillar a sus anchas en su índigo lienzo; callejeamos por el nostálgico Gótico dando con las Ramblas a la altura del Liceo, por las que anduvimos hasta la calle del Carme. Gabriel sugirió una visita a los jardines de Victoria del Àngels para luego acercarnos a la plaza del MACBA; donde le gustaba sentarse para contemplar las piruetas y malabarismos de los chavales en sus monopatines, tratando de empaparse de juventud al mirarles, como lo hicieran los centenarios edificios de los alrededores con el albino museo de asépticas fachadas.

"Cómo me gustaría poder montarme en uno de esos…" Exclamó pensativo el señor Berenguer soltando un largo suspiro.

Cecilia y yo, sentados uno junto al otro en uno de los bancos al sol, con Gabriel a nuestra derecha, nos miramos en silencio.

"La verdad es que me costó muchísimo aceptar mi maternidad..." Exclamó Cecilia siguiendo con la mirada a un chico que avanzaba rápidamente por el gris adoquinado de la plaza, agachado en su monopatín, agarrándose en él con la mano derecha mientras balanceaba la izquierda en alto guardando el equilibrio.

"Margarita nació en medio de la gran nevada del sesenta y dos. ¿Has oído hablar de ella? Barcelona quedó paralizada, completamente. La noche buena comenzó a caer con furia y no cesó hasta San Esteban, ¡los canelones fueron blancos ese año!

Para que entiendas esto debo comenzar por el principio, sí mejor; sino no comprenderías.... Yo entré a formar parte del grupo en el cuarenta y seis; habían sufrido una redada tres años antes reduciendo el grupo a mínimos y radicalizando sus actividades. Allí conocí a Aurelio y a éste que está a tu lado claro.

Gabriel te ha explicado de mi relación con él, ¿verdad? Me lo ha dicho antes de darme el sermón en casa, antes de decirme que Miguel debe ir a la guardería y que yo no debo tratarte como hice con mi hija, se que eso es lo mejor para él pero me cuesta desprenderme del niño. Gabriel dice que siempre he hecho lo que se me ha puesto en gana, yo creo que no, que todo lo contrario. Dedicar tu vida a cambiar un país no es precisamente pensar en uno mismo pero; perdona hijo, salto de un asunto a otro sin sentido, como una vieja chocha.

Franco venía de visita a Barcelona ese año, en el cuarenta y siete; y nosotros, en aquella trastienda mugrienta del barrio, planeábamos matarlo. Asesinarlo con una bomba, la verdad fueron dos; y no éramos los únicos que querían hacerlo, otros compañeros planeaban hacerlo por si alguno de nosotros fallaba, aunque a la vista está, ninguno fue capaz de acabar con él.

¡Ay, hijo! Si hubiéramos sabido entonces del doble techo del *Saló de Cent* en el Ayuntamiento de Barcelona. ¿Lo has visitado alguna vez? El día de corpus puedes hacerlo. Fue construido en el siglo catorce para acoger en ella a los cien prohombres que escogerían a los consejeros formantes del gobierno de la ciudad, el consejo de ciento; hoy en día se celebran ahí los plenos del consistorio.

Espléndida en dimensiones, medieval en el aspecto; las piedras talladas en la montaña *Montjuïc*, y cargadas por los *bastaixos* del puerto de la ciudad, se alzan hasta formar tres arcos fajones que culminan en un precioso artesanado de madera encumbrando el salón; quedando la parte superior de las arcadas oculta por éste falso techo. Ahí, agazapada, fue donde encontraron una sala de siamesa extensión al *Saló de Cent*, entre el artesanado y la techumbre del edificio, repleta de trastos e historia. Siguiendo el entramado de madera descubrieron una trampilla que recae exactamente donde descansa el trono del máximo mandatario que preside cada sesión del consejo. El Caudillo, corto en persona y largo en pretensión, ocupaba ese sitio cuando visitaba el pleno. Si le hubiésemos lanzado una piedra desde esa altura hubiera bastado....¿Puedes creerlo? A menudo las soluciones más sencillas son las que tenemos más a mano, sin detenernos si quiera a contemplarlas.

Ah, perdona, te decía que; durante los primeros años del franquismo el grupo realizaba actos de protesta relacionados con la defensa de la cultura catalana y las libertades. Mi padre me inculcó su amor por este país, por eso quise formar parte del grupo, para defender su cultura, sus tradiciones, la libertad y por que les faltaba gente, claro; mi madre, nacida en Burgos, se encontraba en la orilla opuesta, de ahí el falangismo acérrimo de mi hermano, es muy triste ver este tipo de discrepancias en casa....Perdona, me pierdo otra vez.

Nuestra organización se llamaba Front Nacional de Catalunya, imprimíamos panfletos anti-fascistas, dábamos charlas, intentábamos recabar información para sabotear cualquier acto de la falange; el primer acto en el que participé fue desplegando una enorme señera en la Sagrada Familia el día de *Sant Jordi* del cuarenta y seis. Tres años atrás lo habían hecho en el congreso eucarístico de *Solsona* y en la *Diada* del cuarenta y cinco en el teleférico de *Montjuïc* frente al gobierno militar. Ese mismo año conseguimos introducir gran cantidad de armamento por el *Coll de Núria*, iniciando así los entrenamientos para-militares en un pequeño bosque en *Sant Just d'Esvern*. Queríamos formar un grupo como el que operaba en los Pirineos, los Maquis.

Ellos eran un potente revulsivo para nosotros, operaban al norte de Cataluña, ocultándose en los bosques, controlaban los pasos fronterizos con Francia ofreciendo una feroz resistencia a la guardia civil. El plan era formar una guerrilla callejera, capaz de atacar clandestinamente cualquier objetivo opresor en Barcelona. Aunque por encima de todo queríamos terminar con él, no importaba el precio, o eso creímos, Franco debía morir.

Sufrimos otra redada, en la que nuestro plan se fue a pique, se hicieron con casi todo el explosivo y armas, y nos redujeron de nuevo a unos pocos; pero el principal objetivo seguía latente en los que quedamos.

El diez y siete de Mayo del cuarenta y siete Franco llegó a Barcelona procedente de Palma de Mallorca, se había preparado un gran recibimiento en la plaza de Colón, en el paseo marítimo frente al barco, y allí estábamos nosotros con dos bombas a la espalda esperándole. Domenech Ibars, el primer hombre que atentó contra el Caudillo en Hendaya años atrás, y el *Roset*, se unieron a nosotros formando un grupo al que llamamos *Els Anònims*. Había que detonar los explosivos al paso del desfile. Por separado nos colocamos alrededor del monumento a Colón, yo estaba en uno de los leones, Aurelio en el otro y los otros a pie de calle. Hacía solo unos meses que estaba en el grupo y aunque tenía solo diez y nueve años me permitieron participar en el atentado, debido a la última redada de la policía. Además, toda oportunidad, era buena para estar bajo la batuta de Aurelio.

A las diez y cuarto de la mañana los barcos del puerto hacen sonar sus sirenas anunciando la llegada de Franco; la multitud mercenaria congregada en los alrededores estalla de júbilo con un griterío ensordecedor, provocando la estampida de centenares de palomas que descansaban plácidamente en los plataneros del paseo. El desfile comienza a organizarse frente a la fragata, las autoridades se arremolinan a los pies de la escalinata. Algo llamó mi atención, no podía creerlo, un sudor frío invadió mi cuerpo, miramos a Ibars en busca de una respuesta, no la hubo. Dos columnas de niños enarbolando banderas españolas desfilaron ante nosotros para colocarse entre el Caudillo y nuestra posición; si lo hubiéramos hecho hubieran muerto casi todos, no queríamos una carnicería infantil, nos dispersamos como pudimos, derrotados una vez más.

Se que es una absoluta sinrazón pero organizar aquel atentado había costado la vida de mucha gente; y ahora un grupo de niños manipulados por el régimen lo habían impedido. Yo no quería que mi hija naciera y viviera en un país así, no lo podía permitir; por eso tenía la obligación de terminar con la dictadura y no hacer partícipe de ella a Margarita, creándole la angustia que yo había vivido en mi casa, en el seno de mi propia familia."


El chico de antes restregaba la base del monopatín por el borde de un peldaño de la escalinata de entrada al museo, para al final de ella, dar un salto hasta el nivel de la plaza. Los tres lo contemplamos en silencio dejando que el eco del patín rozando en el asfalto resonara en los edificios para colarse en nosotros tras la pausa de Cecilia.

"El veinticuatro de Septiembre del sesenta y dos llovió a mares, provocando la famosa riada del día siguiente; fue una catástrofe sin precedentes y, el Caudillo, anunció su visita a Cataluña una vez mas. ¿Quién sospecharía de una embarazada? Pensé.

Tras el fracaso del atentado continuamos nuestras actividades hasta que Aurelio desapareció, fue un duro golpe para el grupo y para mí claro. Siempre nos quedó esa espina clavada y ese era el momento de actuar.

Gabriel entró en cólera cuando le expuse el plan, trató de impedirlo, nos peleamos acaloradamente, dejamos de hablarnos durante días, semanas, pero no consiguió persuadirme. Una docena de mujeres nos desplazaríamos hasta donde él y su comitiva arribasen, y una de nosotras portaría una pistola de esas pequeñas para mujeres y dispararía a quema ropa. Me hice con el arma, aunque lo que no dije fue que no había grupo alguno, era yo sola quien lo haría. Una acción así es mejor cometerla en solitario para no levantar sospecha alguna; estaba decidida a entregar mi vida y la de mi hija, nada me importaba. Era mi sexto mes de embarazo y me costaba moverme, Margarita era enorme, pesó casi cinco quilos al nacer. Ella absorbía toda mi energía, provocándome nauseas, desmayos y todo tipo de dolores.

Me planté en primera fila tras un cordón de policías que separaban a la multitud del caminar del Caudillo rodeado por las autoridades y guardias personales. Estaba cerca, a no más de una docena de metros, cuando noté un terrible golpe en mi barriga, no se que fue, creo que me empujaron por la espalda y un guardia civil me devolvió a mi sitio con su porra sin percatarse de mi estado oculto bajo el abrigo; caí al suelo, recuerdo sostener el frío metal de la pistola en ese momento, pero cuando desperté en la camilla del hospital no hubo rastro del arma."


Miré el reloj, faltaba poco para ir a buscar a Miguel en su primer día de guardería; Cecilia hizo lo mismo levantando su ceja derecha en un gesto de sorpresa muy característico suyo. "Creo que deberíamos ir tirando hacia allí..." Comentó para levantarse y coger del brazo a su marido; dejamos atrás la plaza y sus patinadores, al joven museo con sus ancianos vecinos.

"La primera cara que reconocí tumbada en el hospital fue la suya" Dijo Cecilia señalando a Don Gabriel, deshicimos el camino hasta las Ramblas, esta vez atajamos por Portaferrissa par abajar por Petritxol hasta la guardería.

"Aunque lo peor fue descubrir quien se alzaba al fondo de mi habitación, mi hermano me contemplaba expectante tras su bigotito negro y su pelo engominado. Él resultó ser uno de los que caminaban junto al Caudillo, cuando me vio caer al suelo fue el primero en acercarse y, de alguna forma, escondió la pistola que yo sostenía. Las malas noticias no terminaron ahí, desperté al segundo día de estar ingresada; casi había sufrido un aborto por lo osado de mi acción, o quizás por el golpe recibido; aunque nada era más irritante que deber mi vida y la de mi hija a mi hermano."

El jaleo a los pies de la escalera de la guardería era menor al de la mañana, la mayoría de niños pasaban allí todo el día, solo unos pocos disfrutaban del privilegio de comer en casa. Los Berenguer esperaron en la puerta del edificio; no quisieron volver a coincidir con la directora.

El aroma a infancia correteada me abofeteó la cara de nuevo, mientras sus ecos me mordían las orejas. Anduve sin saber a donde hasta que la tutora de Miguel me rescató del bullicioso pasillo.

"Bueno Miguel nos vemos mañana, ¿vale? Cuéntale a tu papá todo lo que has hecho hoy y los nuevos amiguitos que tienes.... Anda, cuéntaselo. Tienes un crío increíble; te veo mañana." Nati, la profesora, agachada en cuclillas frente a Miguelito, posó la manita del niño en la mía soltándola de la suya, le acarició la solapita del abre fácil con la punta de los dedos y se adentró de nuevo en la clase, tras mirarme sonriente. Salí satisfecho por mi acertada decisión de traer al pequeño a la guardería.

"Fueron tres meses horribles, quizás los tres peores de mi vida..." Alcanzó ha decir doña Cecilia pensativa, callando por un buen rato, de camino a casa agarrados del brazo. Había comprado para hacer *fideuà* y nos invitó, Gabriel caminaba frente a nosotros de la mano de Miguel, deteniéndose a cada instante pendiente del relato sobre su mañana en la guardería, yo empujaba el cochecito vacío atento al silencio de ella, sediento de detalles. Aquel matrimonio me había abierto las puertas de su pasado ayudándome a comprender el porqué de sus reacciones con mi hijo y con Margarita; y haciéndome reflexionar acerca del mío propio.

Me abandoné a la memoria de mi olfato, como lo había hecho en el pasillo rodeado de niños, ahora lo hacía perdido en las calles de la ciudad que me había devuelto el brío, llenado de aire fresco los pulmones y sacado del letargo en que andaba sumergido, casi ahogado, cuando dejé Cádiz.

De chiquillo, de la mano de mi madre, regresaba a casa a la hora de comer, olisqueando los manjares trajinados en las modestas viviendas llegados a la calle seguidos de conversaciones, ruegos y réplicas; afrentas y riñas; risas y cantares o, simplemente; el *cliqueteo* de los cubiertos sobre los platos o el cacharreo en los fogones. Los aromas despertaban en mi un hambre feroz y desataban el juego de adivinanza con mi madre, tratando yo de averiguar el menú del almuerzo.

Las callejuelas del Gótico barcelonés te salpicaban de la misma guisa, aunque con menos salitre y una miscelánea de curris, cominos y cilantros; ataviados con jergas de puertos remotos, si bien uno no alcanza a comprender, seguro no distan de aquellas pláticas que yo escuchaba de niño.

Como lejanas eran las historias, mi madre me las contaba viendo transitar los barcos saliendo y entrando de la bahía de Cádiz, imaginado los lejanos puertos en los que anclarían, las tormentas que atravesarían y los mares que surcarían; la remota Cuba con la Habana, otra hija pródiga como lo fuera Nápoles de Pompeya.

Cádiz le enseñó a la capital caribeña todo lo que pudo, le prestó el rostro en forma de malecón, ésta se lo aprendió hasta en los colores e hizo el resto aderezándose con su particular son. El padre de mi madre, y su padre; pescadores todos, tres barcas tenía él, decía siempre mi madre; andando iban hasta el puerto desde Cádiz, porque somos del mismo Cádiz, no de fuera murallas como los otros, decía mi madre; a recoger la pesca del día, tirando de la calesa, remendaban las mujeres las redes, mientras los hombres reparan las barcas y vendían el pescado.

"...eso me dijo el médico nada más verme" La voz de Cecilia llegó de ultramar, noté como su brazo se estrechaba al mío y me escudriñaba con su aguda y punzante mirada.

"Perdone Cecilia, pensaba en mi madre de nuevo, lleva razón, la llamaré en cuanto lleguemos a casa. ¿Qué le dijo el médico?" Le pregunté para que retomara el relato.

"Que no podía moverme en lo que quedaba de embarazo; reposo absoluto, dijo. Perdona hijo a veces cuando empiezo a hablar no hay quien me pare." Respondió deteniendo el paso.

"No pare, no; estoy intrigado por saber más de su vida, si no le importa contármelo..." Contesté reemprendiéndolo tras mirar atrás en busca de Miguel y su abuelo; Cecilia asintió con la cabeza al verlos, me sonrió y continuó hablando.

"Gabriel me apretó fuerte la mano en cuanto abrí un ojo, recuerdo sentirme aturdida, confusa; había estado tres días dormida, pero la visión de Alfonso, mi hermano, al fondo de la habitación me hizo temblar como una niña indefensa. Gabriel se percató de esto, me acarició la frente y la besó. Cuando retiró su cuerpo Alfonso estaba ahí, a mi lado, con una expresión antes nunca vista en él, me miró de aquel modo por un rato que para mi fue muy largo. Mi marido le cedió su puesto y mi hermano me agarró la mano, y me besó en la frente como lo había hecho Gabriel. Se incorporó, le dio una palmadita en el hombro, nos sonrió y desapareció sin decir palabra.

Esa misma tarde Gabriel me contó que fue él, Alfonso, quien se encargó de todo; se abalanzó sobre mi abriéndose paso entre la multitud que rápidamente se congregó a mi alrededor cuando caí. Nadie echó cuenta en ella, pero él distinguió perfectamente la punta de su cañón bajo mi abrigo, se quitó el suyo y me cubrió, agarrando el arma para guardarla en su propio bolsillo. Me metieron en uno de los coches oficiales y me trasladaron al hospital militar, donde me salvaron a mi y a Margarita.

Por encima de todas las diferencias está la familia; me dijo él al día siguiente cuando vino a verme. ¿Hubiera sido yo capaz de lo mismo? Me lo pregunté una y mil veces sin ser capaz de proporcionarme una respuesta. Para mi, al menos en aquel momento, los ideales, la defensa de la libertad, derrocar el régimen; estaban por encima de cualquier cosa, era traicionarse a uno mismo, pensaba yo. Quizás mi radicalismo fuera más incendiario que las firmes convicciones de Alfonso.

Expuse la vida de mi hija, la mía, no hice caso a las súplicas de mi marido, no escuchaba las constantes reprimendas de mi madre para que cesara mis actividades o, por lo menos, no lo hiciera en modo tan activo. Hazlo por el hijo que llevas dentro, me decía la pobre. Pero yo no escuchaba, quería cambiar el mundo para que Margarita pudiera ser feliz en él, aunque significara que ella no llegara nunca a pisarlo. Aquel incidente rompió todos mis esquemas, mi hermano me aleccionó como nunca antes nadie lo había hecho y, lo más importante, mi escala de valores dio un giro de ciento ochenta grados, aún fuera ya demasiado tarde."

Cecilia quedó callada un instante, asimilando lo dicho; yo traté de hacer lo mismo, ¿Demasiado tarde, para qué? Me pregunté. De nuevo su relato quedó truncado, esta vez un ciclomotor nos obligó a echarnos a un lado en la calle Petritxol; llegamos al cruce con la Palla, a pocos metros de casa. Cecilia sugirió hacer tiempo delante de la Iglesia de Santa María del Pi, el sol comenzaba a templar la plaza donde Miguel comenzó a perseguir a las palomas mientras Gabriel y yo nos sentamos en una terraza contemplándole a él y al majestuoso rosetón que preside la fachada principal.

"Os aviso cuando la comida esté lista, dejadme hacer de abuela, madre y esposa tradicional por una vez en la vida." Resolvió risueña, Gabriel insistió en que se sentara con nosotros pero Cecilia declinó encaminándose hacia el portal de casa.

Miguel correteaba en círculos frente a la entrada de la iglesia, contemplado por turistas, transeúntes y por quienes disfrutábamos del aperitivo en las mesas; incluso la gótica fachada, con su corrillo de pétreas colegas parecían mirar los intentos del niño por atrapar a las palomas que se dispersaban tan pronto como éste se acercaba a ellas.

"Mire, parece que hasta Dios lo esté mirando sorprendido; como Polifemo, con su único ojo en forma de rosetón y la boca formada por el arco de medio punto que cobija la portalada, abierta de par en par. Qué cara se le ha quedado al ver a su hijo bastardo incordiando a sus mensajeras…"

Gabriel me miró sorprendido, dejó su caña en la mesa y soltó una sonora carcajada a la que yo contesté con otra más sonora si cabe. Un lamento recorrió la plaza en ese momento; levantamos la vista y vimos a Miguel del revés, había tropezado.

Quedó con los piececitos hacia arriba, los movía frenéticamente al tiempo que blandía sus bracitos tratando inútilmente de invertir su posición; el tamaño de su envase había crecido considerablemente hasta alcanzar los veinte quilos. Una señora se acercó para tratar de ayudarle pero fue incapaz de mover semejante yogur. Gabriel y yo nos agachamos para darle la vuelta, cuando éste hubo estado de nuevo sobre sus pies se nos lanzó a los brazos llorando desconsoladamente por el susto, como lo hubiera hecho cualquier otro niño del mundo; aunque nosotros, y el resto de la plaza, sabíamos que en el futuro sus caídas tendrían consecuencias más amargas. Abracé a mi hijo tan fuerte como puede entre mis brazos, le sacudí la tierra de su tapa y contemplé la iglesia otra vez.

"¿Es así como cuidas de tus criaturas? O es solo la revancha por decir lo que pienso" Le pregunté entre dientes a la fachada de piedra quien permaneció impertérrita sin inmutarse. Gabriel me palmeó el hombro al escucharme. "Vamos a casa Mario, aquí hay demasiados curiosos para el niño"

El señor Berenguer subió las escaleras pausadamente. Miguel y yo le seguimos, agarrados de las manos, avanzábamos al compás, posando al unísono primero el pie derecho, luego el izquierdo, y luego vuelta el derecho; marcando con un zapatazo cada movimiento, hacíamos temblar los peldaños descolocando incluso algunos de los baldosines que las decoraban. Ya en el rellano Gabriel sacó las llaves del bolsillo y abrió la puerta, aunque ésta quedó atorada a cierto punto; Berenguer trató de abrirla pero no pudo, me acerqué, introduje mi brazo por detrás de la apertura para tocar un bulto en el suelo que hacía de tope.

"Creo que es una maleta" Tan pronto como hube pronunciado esas palabras un sudor frío recorrió mi espina dorsal, los poros de mi piel quedaron anegados al instante; el tacto de cuero recio, las largas asas, el ribeteado metálico. Me arrodillé en el suelo para alcanzar el otro extremo de la bolsa y calibrar su tamaño, la acaricie, me olí las manos; olían a ella, su aroma. Mi madre. Aparté la maleta, había quedado entre la puerta y la pared, empujándola como pude con las fuerzas que mi ángulo forzado me permitió.

La puerta cedió, reconocí su voz al fondo del pasillo, en la salita quizás, su chaqueta en la silla del comedor, su perfume, el bolso; entré en la cocina casi sin verla, con la vista nublada de emoción. No se cuanto rato estuvimos así, pero cuando me separé de ella Cecilia se secaba los ojos con la punta del trapo de cocina; Gabriel y el niño, tras de mi, miraban atónitos la escena. "Este es tu nieto, mamá" Alcancé a decir.

Había deseado ese idílico momento durante mucho tiempo, aunque nunca creí pudiera llegar a ser realidad, pero lo fue. Mi madre decidió dos días antes hacer la maleta, contradecir a mi padre y venir a Barcelona. Mis hermanas le dijeron como llegar hasta mi casa, y le aconsejaron no decirme ni una palabra sobre sus intenciones; no se si me hubiera opuesto, pero mejor no arriesgarse, pensaron ellas. Esperó paciente en el bar de delante de casa hasta que el camarero vio pasar a Cecilia, la llamó, se presentaron y subieron a casa.

Mi madre y el pequeño hicieron buenas migas enseguida; se quedaron en el salón jugando, Gabriel puso la mesa y yo ayudé a Cecilia con las ensaladas que precedían a la *fideuà*, ésta desde el horno, colmaba con sus efluvios a pescado la cocina.

"No te lo esperabas, ¿verdad?" Preguntó ella terminando de preparar el *all-i-oli*, sin el que no hay plato marinero posible.

"No, ni en mis mejores sueños…; oír la voz de mi madre jugando con Miguel ahí, en la casa de sus abuelos. Parece que algo vaya a romperse para joderlo todo otra vez" Cecilia quedó un rato mirándome en silencio, con el batidora en la mano y el bote de salsa en la otra.

"Sí, conozco esa sensación; nada puede ser perfecto por mucho tiempo, pero si algo he aprendido es a ignorar ese sentimiento y disfrutar lo poco o mucho que dura la dicha. Así que a la mesa."

Mamá nunca fue una mujer muy habladora, siempre prefirió escuchar, oír y callar, sobre todo ante mi padre; rara vez expresaba su opinión o debatía sobre algún asunto. Durante la comida no fue una excepción, escuchando atentamente el relato de los poco más de seis meses de vida de su nieto y los más de cuarenta de vida conyugal de los Berenguer; aunque, antes de retirarse, nos relató alguna de las anécdotas de mi niñez.

Cecilia y yo fuimos los únicos en tomar café; Gabriel no pasaba de su dosis matutina por prescripción médica; Antonia, mi madre, se lo vetó a si misma tras los sofocos de la menopausia, achacándole a la cafeína parte de la culpa de los sudores y no a las hormonas; Miguel era demasiado pequeño para ello, así que allí quedamos los dos dando sorbos, mientras el resto se retiraron a hacer la siesta.

"¿Por qué era demasiado tarde?" Le pregunté tras un rato de silencio en el que por el pasillo resonaban los suaves ronquidos de Gabriel.

"¿Tarde?, ¡Ah! Tarde, sí. Lo fue." La señora Berenguer dio un tímido tiento al café, posó la taza en el plato y sonrió. "Verás, aquel incidente en el desfile del Caudillo casi me hizo perder a mi hija; aunque también tuvo consecuencias internas que en aquel tiempo no supimos ver. Ella vino el día de la gran nevada. ¿Ya te lo había dicho, verdad? Perdona hijo, a veces la cabeza ya no está donde estaba. Pues sí, nació la noche del veinticuatro al veinticinco de Diciembre, después de haber estado casi tres meses sin salir de aquel hospital esperando a que llegara ese día la nieve no pudo ser más oportuna, y en esas fechas. Sabes que ninguno de los dos somos creyentes, pero debo admitir fue todo bastante surrealista. La noche buena la pasamos en blanco, y nunca mejor dicho, contemplando la intensa cortina de nieve por la ventana la cual no cesó ni un segundo y sufriendo las contracciones de la mano de mi marido; lo digo literalmente, porque se la estrujé con todas mis fuerzas. Hacia las cuatro de la mañana me metieron en el paritorio, media hora más tarde Margarita ya respiraba entre nosotros.

La Navidad fue cosa de tres, nadie pudo venir a vernos, por la nevada; ya sabes, el hospital militar esta en la ladera del Tibidabo y era imposible llegar desde la otra punta de Barcelona; aquí, en el barrio Gótico fue menos intensa pero, conforme subías hacia Collserola, el grosor de nieve hacía imposible moverse.

En San Esteban mi madre y mi suegra consiguieron llegar, las pobres pasaron lo suyo. No fue hasta el fin de año cuando pudimos ir a casa. Quizás todo aquel lío del atentado a Franco, la previa discusión con Gabriel, el parto…; me había pasado la vida luchando por unos ideales y dejando de lado mi propia vida, mi familia. Creía eso eran nimiedades para la gente corriente, que yo estaba por encima; Gabriel, por el contrario, siempre deseó una vida sin sobresaltos, más tranquila y apaciguada. Yo no le escuché, hasta entonces claro. El primer año de Margarita fue un sueño, el bebé perfecto; nos dejaba dormir, comía bien, no lloraba casi nunca.

Decidimos tener un segundo, yo comprendí lo que Gabriel había intentado explicarme durante tanto tiempo. La importancia de tener una familia, vivir tranquilos en nuestro hogar…. Vino el primer aborto, luego el segundo, al tercero, tras cuatro meses de embarazo; el médico nos explicó de las posibles lesiones por culpa de mi imprudencia. Margarita tenía ya dos añitos y medio y, la mera idea de tenerla solo a ella, comenzó a pasar factura. La sobreprotegimos, lo se; lo sabía entonces y lo se ahora. Era una cuestión de egoísmo puro y duro; necesitaba sentirla segura para poder yo continuar viviendo.

Pasé de un extremo a otro, de luchar por cambiar un país a encerrarme en éste comedor y proteger a los míos, entregándome en exclusiva a mi hija; y, obviamente no funcionó. Sin darnos cuenta nos ahogamos mutuamente. La farmacia, el *Tramvia Blau*, el colegio; nada más, que no era poco, pero en el fondo no fue suficiente para hacerme feliz. Gabriel sugirió me sugirió volver a participar en el grupo. No activamente, reuniones, artículos, ese tipo de cosas más sosegadas; y lo hice. Especialmente los fines de semana los dedicábamos a ir de aquí para allá, los tres juntos, siguiendo los actos culturales que organizábamos, Montserrat, *la nova cançó*.... Margarita terminó la básica y, un nuevo dilema se presentó en la puerta. No quería que ella iniciara el instituto en éste país, con la enseñanza rancia y tergiversada, con el olor a podrido de esos colegios retrógrados; así que la mandamos a un internado al sur de Francia. Gabriel, como siempre, trató de exponerme los contras, pero yo no escuché. Y la perdimos.

Después del internado en Perpiñán vino la universidad en París, luego el salto a Londres para terminar su carrera y por último, su exilio definitivo a Estados Unidos. Ella nunca comprendió ni compartió nuestro, mejor dicho, mi empeño en alejarla de Barcelona. Quizás pensara que yo andaba muy ocupada con mis ideales, o con el trabajo, o que simplemente no la quería a mi lado; pero eso no es cierto, lo hicimos por su bien, aunque no supimos explicárselo. Es curioso..., cuando se crea una mínima grieta en una relación lo difícil es cerrarla de nuevo, por pequeña que sea, por estrecho que fuera el vínculo; el vacío dejado por el silencio parece inquebrantable."

"¿Nunca han hablado de esto con Margarita?" Pregunté tras una larga pausa en la que nos adivinamos los adentros a través de las tazas de café vacías. "No, y no se si tendré el valor de hacerlo algún día" Respondió Cecilia levantando su vista de la mesa, algo llamó su atención a mi espalda.

"Yo si lo hice" La voz somnolienta de Gabriel apareció por el pasillo seguida de su sombra. "La última vez, cuando estuvieron aquí hablamos de ello, no está dolida; quizás si agradecida, sabe que lo hicimos por darle una mejor educación, aunque lamenta no haber podido pasar más tiempo con nosotros." El señor Berenguer se sentó a la mesa junto a su mujer, me miró a los ojos dispuesto a darme una explicación que no debía.

"Al principio pensamos que lo de vivir en California fue solo una revancha, una rabieta lanzada contra sus padres por haberla distanciado de casa, mas tarde comprendimos que la vida la llevó allí como a nosotros nos arrastró acá." Gabriel se volvió hacia Cecilia para continuar con la explicación que, en ese caso, quizás debiera.

"El último verano, creo tu fuiste al mercado, los críos fueron a la playa con su padre, estábamos los dos solos en la casa, y se lo pregunté abiertamente. No nos perdonarás lo de mandarte a estudiar a Francia, le pregunté. Había lagunas de nuestro pasado que ni ella misma conocía, primero por niña, más tarde por la lejanía; pero nada supo hasta aquel momento. Hablamos mucho, nos contamos todo y comprendimos más." Gabriel agarro la mano de Cecilia apoyada sobre la mesa. "Margarita te quiere con locura, como madre y como persona; te admira y así lo hace conmigo. Me confesó que de adolescente se preguntaba por qué; ¿por qué no la dejábamos vivir con su familia?, pero con el paso del tiempo comprendió y supo eso era mejor para ella. Ahora está completamente agradecida por el esfuerzo hecho, desde su posición de madre sabe lo doloroso que es alejarse de tus hijos."

"¿Por qué no me dijiste nada de esto?" Demandó Cecilia zarandeando levemente la mano de él.

"Me pidió no lo hacerlo, quería ser ella quien encontrara el momento y el lugar para desahogarse contigo; como lo hizo conmigo." Respondió él sosteniéndole la mirada como pocas veces había hecho antes.

Mi madre pasó casi una semana con nosotros, la instalé en mi habitación donde compartió cama con Miguel y yo me mudé al cuarto del niño. Esos días tuve turno de mañana en la prisión así, a las tres y media, ya estaba en casa para pasar la tarde con ellos; los Berenguer incluidos, claro. Llevaban a Miguel a la guardería, daban un paseíto por el centro mostrándole los rincones del Gótico, lo recogían, comían juntos y me esperaban; nos dedicamos a recorrer los sitios que me enamoraron de Barcelona sin los que hoy soy incapaz de vivir.

Me sorprendió encontrarlos un día en silencio sentados en el sofá con Miguel dormido en brazos de mi madre; no estaban tristes, sino simplemente ausentes.

"¿Ha pasado algo?" Pregunté sin esperar nada relevante como respuesta o quizás sabiendo que ese era un comportamiento anómalo debido a algo excepcional probablemente acaecido a mi hijo pero queriendo negarme la obviedad de un hecho negativo sobre el pequeño; resumiendo, aquellas caras eran por algo malo. "¿La guardería?" Inquirí sin obtener respuesta alguna. "¿Te ha pasado algo a ti, mamá?" Tampoco hubo respuesta esta vez, aunque pude ver la expresión de sus rostros tensarse por momentos. "¿Me podéis explicar qué ocurre?" Les rogué.

Los llamaron de la guardería a media mañana, la directora les pidió que fueran a buscar antes de la hora a Miguel, había tenido un pequeño problema con algunos de los niños de clase. Uno de los chiquillos, aparentemente el más avispado según la tutora, había descubierto la pequeña apertura en la tapa de Miguel. En una de las esquinas de su cabeza todavía se veía el agujero al que yo llamaba obligo; ya que por allí recibió el alimento que le dio la vida. Bien, pues el condenado niño lo descubrió, dedicándose a meter el dedito y comenzar a comerse el yogur. Miguel, no mostró oposición alguna al principio, encontrándolo gracioso incluso; pero cuando parte de la clase se abalanzó sobre él a la hora del recreo, la cosa pasó a mayores. La profesora vio que algo ocurría en el patio al ver a diez niños revoloteando alrededor de Miguel metiendo sus deditos en su cabeza para lamérselos después. ¡Qué guay es de fresa! Decían unos. ¡Está buenísimo, como el que compra mi madre! Gritaban otros.

Miguelito terminó sentado en el suelo incapaz de defenderse por sus limitaciones físicas, llorando a lágrima viva; la maestra lo rescató de entre sus compañeros, llevándolo a la clase donde esperaron a los abuelos.

"No me digas que esto es lo que necesita para crecer y toda esa teoría barata sobre hacerse fuerte porque no te lo admito, no es como el resto de los niños y no puede ser tratado como tal. Se que deberá de afrontar más dificultades que el resto, pero ahora es tan solo un niño y debemos protegerlo, cuanto más mejor." La voz de Cecilia sonó serena, autoritaria; no dejó lugar a la réplica, agaché la mirada como tantas veces lo hiciera Gabriel o mi madre, o incluso Margarita. Al día siguiente no habría guardería por el momento.

Regresé a casa acompañado por la calidez de las golondrinas, cuyo canto provocaba en mi un estado de complacencia singular, señalando el principio de la Primavera. Fui directo a casa de los abuelos donde encontré al pequeño ansioso por contarme lo que aquella mañana había descubierto en el barrio Gótico de la ciudad.

Los Berenguer llevaron a Miguel y a mi madre a ver el "*ou com balla*". Una peculiar tradición barcelonesa del día de corpus consistente en colocar un huevo vacío en lo alto de los surtidores en las fuentes de diversos claustros ornamentados con flores. El huevo baila literalmente al son del chorro de agua que lo sustenta en el aire sin que caiga, como quizás lo hacemos nosotros zarandeados al son de la vida. Miguel me contó la historia que Gabriel y Cecilia le explicaron sobre ese misterioso huevo.

...años atrás un joven intrépido abandonó la anciana Pompeya embarcándose en uno de los trirremes del puerto, quería ir lejos, muy lejos; arribarse hasta uno de los confines de la tierra para después navegar hacia el otro.

Marco Terranova, así se llamaba el apuesto joven, salió de madrugada acompañado por su madre, única conocedora de sus intenciones. Pertenecían a una familia de esclavos al servicio de un rico y poderoso comerciante del Imperio Romano. El señor siempre los trató con respeto, el padre fuera uno de los hombres de confianza al cargo de las finanzas, la madre gobernaba parte de las haciendas que el señor poseía en la Campania; pero el joven nunca aceptó de buen grato el no poder ser libre, por mucho dinero y cargos que sostuvieran.

"Podrías hablar con él, o lo haría yo misma, o tu padre; te podríamos mandar a controlar los negocios en oriente, a Egipto, allí donde tú quisieras." Le rogaba la madre sin lograr convencerlo. Marco no comprendió jamás como sus padres y hermanas se conformaban con vivir a la sombra de otro, por confortable que esta fuera o por difícil que la partida resultara. Terranova zarpó hacia la ciudad de Gades, al sur de Hispania, al alba, oculto entre las mercaderías de uno de las galeras del señor.

Marco se estableció en Gades comerciando entre Cartagineses y Romanos, aunque no por mucho tiempo, ya que las guerras Púnicas le obligaron a huir de la ciudad hacia Bizancio; allí conoció a la que sería su mujer, Claudia y mercadeó de nuevo, esta vez entre Romanos y Bizantinos.

Tras cinco años de estabilidad nació el primer hijo de la pareja, Marco informó del hecho a su madre por carta; aún habiendo partido de casa temprana y abruptamente, nunca perdió el contacto con ella, con quien mantuvo siempre una activa relación epistolar. Le informó también sobre el nacimiento de cuatro niñas y otro barón, por la buena marcha de los negocios y la trágica desaparición de su esposa por culpa de unas fiebres que no superó después del último alumbramiento. La madre insistió en que éste regresara a Pompeya, ofreciéndose ella a cuidar de sus nietos, pero Marco no aceptó esta propuesta ya que su padre no aprobó jamás su conducta subversiva.

Se ajó el almanaque; Marco recorriendo el Mediterráneo de acá para allá en busca de nuevos lucros, sus hijos e hijas crecieron a manos de nanas y su madre languideció sin verlo a los pies del Vesubio. Regresaba a Bizancio una Primavera cuando encontró una misiva de su madre, su padre había fallecido y lo esperaban para las exequias.

Se embarcó dos días más tarde con sus hijos e hijas dispuesto a presentar los respetos a su difunto padre, a la madre que tanto había añorado y a sus hermanas. Mandó llenar dos cofres con regalos para todos ellos, aunque sin saberlo, en uno de ellos se coló el fin de la urbe romana.

Cuentan que tras el sepelio la reagrupada familia se retiró a una villa que Marco mandó comprar tiempo atrás por si algún día regresaba y que siempre mantuvo cerrada en secreto. La casa se encontraba en una de las principales calles de Pompeya, las estancias se agrupaban alrededor de un majestuoso atrio plagado de plantas y flores, con un hermoso surtidor en el centro; desde las dependencias mas nobles se podía ver con facilidad la silueta del Vesubio quién se colaba por la puerta principal de la villa cada vez que la abrían.

Las dos arcas descansaron en el atrio durante el almuerzo escondidas tras doseles, Marco dio la orden de retirarlos ya que separaban el comedor del exterior; todos quedaron impresionados con la mera belleza de los dos cofres, sin saber si quiera el haber de su contenido ni el porque. Se acercaron la madre del brazo de Marco en primer lugar, seguidos por las hermanas de éste y los hijos en último término. Todos ellos aceptaron de buen grado la suerte que les llevó a coger un objeto al azar, ninguno de ellos desmerecía al siguiente; tampoco ningún obsequio pareció inadecuado para su receptor, aunque hubo uno, tomado por la hija menor de Marco, que a todos impresionó.

El extraño objeto cautivó las miradas de todo el clan, la joven sujetaba el huevo con vehemencia, aunque era extremadamente grande y ligero para ser un huevo de gallina, de color blanco hueso, ¿Qué ave podía poner semejantes gametos? Colocaron el preciado huevo en lo alto de una ánfora que decoraba una esquina del patio y continuaron hasta terminar de repartir los presentes.

La noche tibia de primavera los alcanzó casi sin darse cuenta entre vinos y risas, retirándose a dormir a media noche; a la mañana siguiente un grito ahogado despertó a la troupe. La madre de Marco fue la primera en levantarse y lo fue también en ver al enorme huevo en lo alto del chorro de agua; alguien lo había colocado en la fuente del atrio sin ser visto. Salieron todos de sus aposentos al pasillo que rodeaba el patio para admirar el cálcico baile; en ese momento golpearon con fuerza las puertas de la casa, uno de los sirvientes se abalanzó hacia ellas y las abrió; nadie aguardaba al otro lado, solo la silueta del volcán quién, de un soplido que a todos dejó helados, terminó con la danza haciendo caer al huevo al pequeño estanque de la fuente. Marco mandó sellar esa entrada para no mostrar de nuevo el baile al Vesubio y provocar así su ira; renunció a la puerta principal de la casa por seguir contemplando el acuático espectáculo.

Marco permaneció en Pompeya tras la marcha de sus vástagos hacia Bizancio, ensimismado con la simbiótica danza entre el huevo y el chorro de agua. Mandó colocar en uno de los pasillos del atrio un escritorio con sendos sillones para recibir allí a las visitas comerciales utilizadas como escusa para no regresar con sus hijos. Su madre, comenzó a preocuparse cuando lo vio una noche de luna llena absorto con los reflejos, el contoneo y la trova del caño sujetando a su compañero. Fue después de esa misma noche, al alba, cuando un tremendo crujido despertó a la ciudad por entero.

La tierra tembló, se sacudió, zarandeó la urbe como si de un flan se tratara; derribó templos y casas, palacios y moradas, termas y posadas. Las puertas de la villa cedieron y se desplomaron, mostrando al furibundo Vesubio en la lejanía quien buscaba lo que ellas guardaban. Una grieta apareció en la entrada, avanzó atravesando el atrio hacia la fuente, Marco supo de las intenciones del volcán, se abalanzó sobre el huevo y lo agarró en el aire cuando ya no había ni estanque ni chorro de agua; cayeron ambos al suelo donde el socavón se hizo más grande, aunque no suficiente para engullirlos.

Pompeya, a pesar del terremoto, renació de sus ruinas, devolviendo las piedras a donde les tocaba. Marco regresó a Bizancio cargando su preciado tesoro, comprendió de alguna manera que el Vesubio no quería el huevo en sus dominios, algunos le hablaron del mal fario, otros le relataron las leyendas narradas sobre él, unos le aconsejaron se deshiciera del huevo; pero Marco desoyó a todos, llevándoselo consigo a Bizancio, conservándolo sin separarse de él ni un instante pese a que su propia madre le rogara no volver a Pompeya si lo hacía con aquel objeto envenenado.

Pasó el tiempo y Marco regresaba de Gades, tras un largo viaje que lo mantuvo ausente por más de seis meses, cuando decidió cambiar el rumbo y hacer un alto en el camino en Pompeya. Deseaba ver a su madre y hermanas con todas sus fuerzas, tras años de exilio, y no dudó en esconder el huevo en uno de los baúles junto con sus ropas.

La silueta del Vesubio lo recibió en el puerto, y nada más poner el baúl en tierra, escupió la primera bocanada de humo envenenado. El volcán supo enseguida de la llegada de Marco y el huevo. Explotó de ira al verlo, se desgarró las entrañas vomitando toda su rabia al ver la inconsciencia de Marco al trajinar tan peligroso cargamento lapidando a su preciada ciudad antes de acoger de nuevo en sus entrañas aquel indeseable objeto que tantos peligros encerraba, sepultándolos a ambos y a la ciudad entera bajo un grueso manto de cenizas para que nunca más fueran encontrados.

Un pequeño agujero comenzó a formarse en la playa, el pequeño hoyo creció lentamente mientras que en sus aledaños la dorada arena se contorsionaba. Unas pequeñas pinzas rojas aparecieron de la nada, luego otro par de ellas, para terminar emergiendo un rojo cangrejo de vigilantes ojos negros, cotejó la superficie al quedarse indefenso en la orilla.

El pequeño Paolo lo observaba de lejos, sentado en una roca a unos pocos metros de él. El cangrejo desapareció de nuevo bajo la arena para reaparecer al poco, esta vez acompañado por varios de su especie. ¿Qué se traían entre manos? O entre pinzas pensó el joven. Abandonó su tranquila roca para acercarse y escudriñar mas de cerca. Se arrodilló allí donde los cangrejos, temerosos del niño, habían desaparecido otra vez. Escarbó un poco, no mucho, luego otro tanto, y tocó algo; palpó y hurgó hasta lograr sacar el enorme huevo de la arena.

"No se lo diré a nadie" Pensó Paolo guardando el huevo en su zurrón Salió corriendo de la playa para buscar un buen escondite, y amagar allí su tesoro.

La madre lo esperaba en la puerta de casa con los brazos en jarra, hecha una furia por su tardanza, su hermano mayor, Giacomo, le golpeó la cabeza con los nudillos al entrar, haciendo reír al resto de hermanos quienes contemplaban la escena sentados en la mesa a la espera de la cena. "¿Se puede saber donde te habías metido?" Preguntó Giacomo sentándose en el sitio que ocupara el padre antes de desaparecer a manos de soldados contrarios a su señor feudal.

"¡Vas lleno de tierra! Qué manos más negras" Exclamó la madre comenzando a servir el potaje de raíces a Giacomo.

Tres días pasaron hasta que los rumores llegaron a oídos de la madre, Paolo se las había pasado relatando como, donde y de que manera, había descubierto y ocultado el huevo a los otros niños de la pequeña aldea donde vivían cercana a Nápoles; mientras tanto el crío, se acercaba cada tarde para cerciorarse que nadie manoseara su mas preciada posesión que, de todas formas, era la única.

"¿Se puede saber qué es eso dicen te has encontrado?" Preguntó Giacomo a Paolo al regresar éste esa tarde. "Nada, ¿Por qué tendría yo que esconder algo en el alcornoque?" Replicó el inocente provocando una sonora carcajada de su hermano, quien soltó un tremendo gallo por estar en la pubertad.

Giacomo, apremiado por el demonio, salió de casa, seguido de Paolo y el resto de hermanos; todos ellos fueron a parar al árbol que dicen data de la época en que el Vesubio sepulto Pompeya, por su tamaño y majestuosidad. "¡Dime donde está!" Gritó el joven tratando de averiguar algún lugar pareciera haber estado removido recientemente. "¡No te lo diré! Tú no eres papá" Le espetó el renacuajo quien salió corriendo en ver la enojada cara del mayor corriendo tras él.

Paolo se perdió tras unos matorrales, Giacomo se metió allí por donde el pequeño lo había hecho, agachándose para no enredarse el las zarzas; de cuatro patas, avanzó hasta toparse con un par de botas. Levantó la vista lentamente descubriendo a un fornido caballero quien agarraba, como si de un conejo se tratara, a su hermano pequeño. Se fijó entonces en el escudo de armas, luego en los colores del uniforme del soldado, en la cicatriz que atravesaba el rostro desde la ceja izquierda hasta la comisura de los labios, su pelo sucio y grasiento; un escalofrío le atravesó la espina dorsal ante tan temible aspecto.

Nunca olvidó ese día, esas ropas, ese rostro, esa señal en la cara; él fue quien en una emboscada terminó con la vida de su padre delante de sus propios ojos. El entonces pequeño Giacomo acompañó a su padre al molino cargando el trigo del señor feudal, se guareció tras unos matorrales al ser atacados por las tropas de otro señor con quien desde antaño se disputaban unas tierras ricas en mieses, su única intención era robarles el trigo que provenía de los campos en discordia; el padre, junto con el resto de campesinos plantaron cara a los agresores, no entregándoles la cosecha de la que dependía el hambre de sus familias. Los atacantes no dudaron en usar la fuerza de las armas para arrebatarles el fruto de su trabajo. Giacomo contempló toda la escena agazapado entre las zarzas incapaz de hacer nada por evitar que el afilado acero sesgara las vidas de los suyos.

"Mejor será que tu hermanito diga donde ha escondido el huevo o correrá la misma suerte que su padre" La voz del soldado sonó grave, más grave y profunda que ninguna de las voces que antes hubieran escuchado los hermanos, que se congregaron alrededor de Giacomo quien se puso en pié en ese momento.

"Vamos Paolo, díselo, es solo un huevo, díselo pequeño" Las palabras temblaron en la boca del joven negándose a salir de ella por miedo a ser engullidas por las peludas orejas del caballero quien rió al percatarse.

Paolo trató de zafarse inútilmente, Giacomo se lanzó contra el soldado siendo derribado de una feroz patada que lo dejó sin respiración. Mientras el caballero, con el pequeño cargando de un brazo como si fuera un fardo de patatas, escrutaba los aledaños en busca del huevo. El resto de hermanos ayudaron a Giacomo a ponerse en pié; quien tras tomar aire e impulso, se lanzó contra la espalda del caballero para colgarse de su cuello. El hombre dio un brusco giro deshaciéndose del joven para empotrarlo contra el tronco del alcornoque; un fino hilo carmesí comenzó a emerger de su ceja, tiñendo su rostro al poco. Se llevó la mano a la brecha donde sentía un terrible dolor que le nublaba la vista, trató de incorporarse apoyando las manos en el suelo, se agarró a sus hermanos pero cayó otra vez; su mano derecha buscó firme para intentarlo de nuevo pero en su lugar palpó tierra suelta. Descubrió el escondite, escarbó como pudo y llamó al caballero con toda la fuerza que sus maltrechos pulmones fueron capaces; recostando la espalda en el árbol, se agarraba a un hermano con una mano, con la otra mostraba el huevo en alto amenazando con estrellarlo contra el tronco del árbol.

"Ni se te ocurra hacer eso o lo haré yo con tu hermanito" Amenazó el hombre acercándose hacia él para arrebatarle el huevo y lanzarle al pequeño, desapareciendo casi de inmediato por entre los matorrales.

Las llamas del hogar jugaban con sus reflejos en las caras de los cuatro hermanos que todavía remolaban en el lecho de paja suelta, la madre avivó el fuego con ramas y hojas secas. El crepitar de la lumbre despertó a Giacomo quien sintió una aguda punzada en la ceja, otra en el brazo y la dolorida espalda casi le cortó la respiración al tratar de incorporarse soltando un gruñido. La mujer dejó la cuchara tras remover el puchero postrado tambaleante sobre el fuego, se giró hacia el rincón de la estancia para contemplar a los hijos y sonrió.

"He recogido unas hierbas para preparar un ungüento que te aliviará" Le dijo. "Pero primero quiero que comas un poco..." Añadió sirviendo el caldo en un cuenco de madera.

"¡Abrid en nombre de vuestro señor!" La oronda voz atravesó la puerta tras golpearla con fuerza. "Vuestro amo quiere veros cuanto antes en el castillo, os espera a ti y a tus hijos esta tarde" El emisario no les dio mas detalles, la madre cerró la puerta tras su marcha, tratando de averiguar el porque de tal demanda. "Madre, ¿puedo tomar un poco más?" preguntó Giacomo alargándole el cuenco repostado contra la pared. "¿Y yo?, madre. ¿Puedo tomar un poco de caldo?" Preguntó el pequeño Marco apareciendo bajo las ropas de la cama.

El altercado desencadenó las iras del señor feudal, sabedor de los peligros y misterios encerrados en tan singular huevo. Por tiempos inmemorables los dos feudos se habían disputado las ricas tierras de labranza, pasando de bando a bando, dependiendo de las fuerzas de los contrincantes en cada momento; siendo la pequeña aldea donde vivían centro de la disputa pues quedaba dividida entre los dos señoríos, dividiendo también las preferencias de los aldeanos, constantes riñas se desencadenaban. Decían algunos que fueron incluso los propios vecinos quienes delataron el paso del convoy de trigo donde muriera el padre.

"Este joven demostró gran valor al defender a su hermano, el honor de su padre y mis tierras" Sentenció el señor feudal tras escuchar el relato de Giacomo atentamente. "Se que la vuestra es una aldea partida en dos, se también que muchos de los vecinos os increparan a vuestro regreso, pero habéis hecho lo correcto. No podemos dejar que nuestros enemigos se aprovechen del poder maligno de ese huevo, pues traería desgracias inimaginables. Debo reunir al ejercito para arrebatarles lo que fue encontrado en mis dominios y asegurarme que nadie lo utilizará para hacer el mal" Añadió el noble dando por concluida la audiencia.

Los dos señores feudales mandaron organizar sendos ejércitos, aunque no contaban con vulgares soldados; éstos estaban formados por valerosos yogures, unos de fresa, mientras los otros eran de limón.

En una llanura a los pies del Vesubio acamparon los batallones, a cada lado de la línea que separaba los dos señoríos; a la espera del amanecer, cuando se desencadenaría la truculenta batalla por la posesión del huevo, pues de malograrse, traería la desgracia a ambos lados de la contienda. Los señores, seguros en sus castillos tenían prestos los caballos para huir si eso ocurría, mientras el pueblo sería quien sufriría las consecuencias.

Cuando el sol estaba a punto de emerger tras la silueta del volcán, el General de los yogures de fresa mandó un mensaje a su homónimo de limón; lo emplazaba a una reunión en el punto medio de los dos frentes, en tierra de nadie.

"Celebro que hayas aceptado el diálogo" Dijo el General de fresa.

"Estaba yo redactando la misma nota para mandártela" Respondió el General limón.

"¿Qué sentido tiene esta contienda? Si es que alguna lo tiene, claro." Añadió el General fresa. "Debemos asegurar, nadie acceda nunca jamás al poder encerrado en este maldito huevo, ¿Qué fin tiene un arma que no solo destruye a nuestro enemigo sino que nos destruye a nosotros mismos?" Dijo el General limón.

"¿Qué sentido tiene ningún arma? Amigo mío" Respondió el General fresa.

Así fue como los dos generales pactaron construir un castillo, costeado a partes iguales por los dos señoríos; eligiendo el Islote de Megara para ello. Se cree en sus cimientos enterraron para siempre el huevo, aunque hay gentes quienes aseguran, un elegido comando de yogures de fresa y de limón, se escabulleron con él en una galera hacia Gades, para alejarlo todavía más de sus tierras.

Hay incluso quien dice, ese mismo huevo permaneció escondido en el templo de Moloch, donde años más tarde se construyera el Castillo de San Sebastián; y que fue el mismo Colón en el primero de sus viajes, quien lo paseó por medio mundo en busca de un lugar seguro donde enterrar el huevo; aunque eso ya es otra historia.

Una amable señorita me pidió tras despertarme que me incorporara, abrochara mi cinturón de seguridad y dispusiera mi bandeja. Estábamos a punto de aterrizar en Barcelona. Por un momento me sentí confuso ¿Estaba todavía en el avión? ¿Miguel?

Después del aterrizaje conecté el teléfono móvil y comenzó a vibrar. Tenía dos mensajes. Nico me pidió le ayudara con su maleta, lo hice. Adrián me pasó la mía pues estaba sobre su asiento. Leí el primer mensaje, mi operadora telefónica me daba la bienvenida a casa. Desembarcamos y comenzamos a hacer cola para el control de aduanas. Abrí el segundo, era de mi amiga Helena, ¿Te lo has pensado ya? Preguntaba, un beso, añadía.

No se si lo había hecho, quizás era mejor no hacerlo. "¿Es Helena?" Preguntó Nico.

Me sorprendió su aguda intuición; no había hablado de ella en todo el fin de semana. Helena era una antigua compañera de trabajo de mi último bar gay en Barcelona, donde trabajé poniendo copas hasta aprobar las oposiciones. Me pidió si yo estaría dispuesto a cederle mi esperma o dejarla embarazada, para que ella y su novia pudieran tener un crío.

Sí; lo haré si puedo presentarle a los abuelos. Le Respondí.

**El vals de las mariposas**

Levantarse de la cama cada mañana es un verdadero sacrificio. La nostalgia se aferra a mis parpados, tirando de ellos con fuerza para cerrarme los ojos; es la primera batalla, de una guerra perdida de antemano, a la que me enfrento a diario.

Me despertó la suave caricia de mi hermana, noté la palma de su mano en mi mejilla, el calor húmedo de su aliento, el susurro de su voz en mi oreja dándome los buenos días. Fin de semana en Londres, tras casi dos años volvía a esa ciudad. ¿Soltar lastre? Quizás. ¿Reencuentro? Seguro. ¿Temor? Atroz. Mi padre esperaba en la calle con el motor en marcha para llevarnos al aeropuerto, sonrió adormilado, "¿Lo tenéis todo?" Preguntó taciturno; mi hermana asintió, emprendimos la marcha.

El aeropuerto. Koldo posó su mano cariñosamente en mi hombro meciendo su mirada entre la de mi padre y mi hermana. "No te preocupes, tendremos cuidado…" Papá asintió entregándole la maleta que cargaba en forma de testigo y subimos al avión.

"Una habitación doble con una cama supletoria para mi hermano" Dijo Aintza volviendo la vista hacia su novio, Koldo entró rezagado en el hotel cargando con el equipaje, se acercó para apoyarse en el mostrador entre nosotros dos. El chico nos indicó el pasillo de la derecha después de entregarle a Aintza una tarjeta con el numero 001 impreso en el dorso. La ventana no mostraba más que un patio de luces escaso de ellas, aunque la habitación era grande, limpia y de factura estrecha; modesta decoración de cierto mal gusto británico con moqueta a doquier. La cama doble presidía la estancia, con mi *plegatín* relegado a un rincón en frente del ciego ventanal. La puerta del baño entre abierta, en el lado opuesto, mostraba a Koldo y mi hermana aseándose tras el viaje.

La primera vez que pisé Londres me sorprendió su luz, su cielo, su monocromático y omnipresente tono grisáceo, su *chirimiri*..., mas fuera la sorpresa de encontrar un clima parecido al de Bilbao; allí, por eso, la serpenteante silueta de la ría trazada a carboncillo tiznaba con su olor a mar las calles que huían monte arriba azuzadas por las gaviotas. Cielos de ciudades diferentes por las que arrastré mis pasos hasta terminar rodando por ellas.

Mikel, así se llamaba el compañero de instituto que me presentó a Amaya, y a todo el grupo; al principio salíamos de pinchos, zuritos, risas, juergas.... Amaya terminó siendo parte esencial en mi vida, en la universidad la relación se consolidó; al igual que Mikel se estableció como alma Mater del grupo. Hijo de un caserío a las afueras de Getxo, había propalado sus ideales en todos nosotros. Reconozco nos mostramos receptivos para con ellos, aunque pudo más la novedad, el riesgo, el ser..., que se yo; tampoco ayudó el clima del momento en el que se aplacaba con pelotas de goma las pedradas. Si quieres que un niño no coja la pelota debes decirle que lo haga, por el contrario, si le dices que pare, no cesará hasta hacerse con ella. Eso es lo que nos pasaba en aquel tiempo, si el entorno no hubiera sido tan contrario y restrictivo para con nuestras ideas reaccionarias acaso no hubiéramos encontrado satisfacción en lo que hacíamos; pero la encontrábamos.

El primer año de carrera se convirtió en una asamblea continua, reuniones, actos, manifestaciones; entre zuritos y pinchos planeábamos la siguiente acción. El curso se nos coló por los dedos como lo hicieran el grueso de nuestras protestas de las manos; mi padre me esperó despierto una noche hasta que llegué de una de mis juergas. Entré en la casa seguido de Amaya dispuestos a pasar el fin de fiesta entre sabanas, la luz del salón estaba encendida, él en su butaca marrón con la mirada clavada en la mía. Qué difícil era aguantársela cuando fruncía el gesto de esa forma.

"Cierra la puerta" Me dijo indicando con un gesto que Amaya esperara en la cocina, le quise devolver su chaqueta pero ya había cerrado la puerta. Me mostró un diario con una foto que ocupaba toda la portada; en él, la última manifestación en el centro no exenta de altercados. Tres jóvenes lanzaban sendos cócteles molotov contra la Ertzaintza quien se defendía blandiendo sus escudos y lanzando pelotas de goma; esa era la escena. Los tres portaban pasamontañas dejando al descubierto sus ojos, uno de ellos vestía la chaqueta roja que yo sujetaba en mi mano derecha, el otro calzaba exactamente las mismas botas en las que yo me alzaba en ese instante. No había careta capaz de amagar la expresión de unos ojos a la vista de su padre, ni tribunal o ejercito con más poder sobre mi que aquel hombre escrutándome enrocado en su sillón.

Alcanzamos la plaza de Trafalgar a la una de la tarde. Las nubes grises, oprimidas las unas contra las otras, tamizaban sobre nuestras cabezas sus entrañas, difuminando la ciudad a su antojo. El Big Ben se alzaba tímido al final de White Hall vigilado por los bronceados leones de la plaza. Continuamos hasta Covent Garden donde una marea de gente expectante aplaudía a los artistas callejeros; de fondo, en el foso del mercado, un cuarteto interpretaba el Ave María de Bach. Les pedí me dejaran escuchar esa pieza, y la siguiente, y la otra…; la melodía del Panis Angelicus me acunó entre sus compases llevándome hasta Sofía. De su voz descubrí esa música, en sus ojos encontré la armonía, de su mano anduve, por su piel sentí mariposas en la tripa.

Tras la escena del salón no pude negar la evidencia. Mis padres decidieron trasladarme a Londres para terminar mi carrera de económicas. Al principio me negué en redondo, entré en cólera, les amenacé con irme de casa y no verlos nunca más; aunque mi participación con el grupo dejó de ser lo activa que fuera antes cuando mi padre me explicó como pagaba el impuesto revolucionario, como lo amenazaban a él y a todos nosotros si no lo hacía. Amaya no comprendió mi postura acusándome poco menos que de traidor, cuando fuera ella quien se beneficiaba a Mikel. Acepté mi exilio Londinense después de encontrarlos enroscados tras la barra de una taberna.

Sofía significó un remanso de agua serena en el río de mi devenir tras las turbulencias de mi montaña natal. " Mírale la cara, hacía tiempo no sonreía así…" La voz de mi hermana se mezcló con el Ave María de Schubert. Era su favorita, Sofía solía tararearla a todas horas, incluso después de los largos ensayos con su coral, canturreaba esa melodía; a veces con la boca cerrada para calentar la voz, otras a pleno pulmón, pero siempre lo hacía. Aitza sacó de su bolso un pañuelo de papel para secar la lágrima que se descolgó por mi mejilla.

"Ésta es mi canción…, ésta es mi vida…, ésta es mi canción…, ésta es mi vida" La voz, acompañada por una rasposa guitarra, se arrastraba por entre las apresadas gentes que colmaban la salida de la estación del metro. El caduco artista de la botella repetía una y otra vez la misma frase a la espera de su caché en monedas. Unos críos correteaban entre risas a su alrededor apremiados por uno de los teloneros, quien de trago en trago, lo acompañaba en los coros. Alicia llegó puntual a su cita, nos recogió en la puerta y, dando un paseo por el que fuera mi barrio de antaño en Londres, llegamos a su casa. Con ella había compartido casa, historias, gentes….

"Te voy a presentar a mi mejor amiga" Me dijo una tarde de pintas; Sofía apareció abriéndose paso con su belleza helénica, pidió una cerveza y se unió a nosotros hasta que se fue en el autobús.

Lo primero que llamó mi atención fue ver el ordenador portátil abierto en lo alto de la nevera. Alicia tenía la costumbre de beber el café con leche de pié mirando su correo electrónico cada mañana, en la cocina no había mesa alguna, así que utilizaba cualquier superficie que se le pusiera a tiro; y ese fue siempre su sitio favorito.

El piso no había cambiado mucho desde que yo me fuera. Alicia ocupaba su misma habitación en la planta baja; arriba, la que fuese mía, y en los últimos tiempos también de Sofía, estaba ocupada por un tipo alemán un tanto especial, en la otra, dormía una chica de Manchester llamada Mary.

"Mi hermano me había dicho lo del ordenador pero no me lo creí" Comentó Aintza señalando el portátil mostrándome la lengua para terminar sonriendo. Las dos conversaron relajadamente, al poco

Koldo se unió a ellas; yo contemplé primero la impoluta cafetera que durante tanto tiempo Alicia me dejó utilizar. En la esquina de la repisa, al lado de la ventana, lucía majestuosa como el más preciado de los tesoros la melita que su padre le regalara unas navidades, con sus filtros y el trapo para darle brillo guardados en la misma caja de latón rojo. El partidillo de futbol callejero se coló por el cristal llamando mi atención, corrían unos chavales tras un balón azul, se soliviantaban los unos a los otros más que otra cosa, para chutar sin tino de coche a coche en el callejón que hube contemplado a menudo.

"No sabéis la última de nuestro amigo alemán" Irrumpió una voz con acento de Manchester. Mary, la compañera de piso, nos mostró un trozo de papel con el número de una matricula en el que rezaba una nota: por si algo me pasa. Nos explicó que el tipo sufría de manía persecutoria, de entre otras muchas rarezas; le dio esa nota la noche anterior creyéndose vigilado por los jóvenes de un coche aparcado delante de la puerta de la casa. Él argumentó que podía tratarse de un grupo de islamistas al tanto de sus gustos por lo americano y, amparándose en una extraña teoría sobre la hora en que éstos iban y venían de una supuesta mezquita, se sintió amenazado de sufrir quién sabe qué tipo de ataque. Mary terminó riendo a carcajadas esperando la misma respuesta de Alicia; ésta quedó en silencio sin saber qué decir o qué hacer, mi hermana y Koldo se miraron, los tres me buscaron con la vista aunque yo ya estaba en el autobús de mi memoria.

…salimos de casa juntos, como casi cada mañana; dejamos a Alicia con su café y su ordenador en lo alto, ahí donde descansaba ahora mismo. Sofía iba a su trabajo, yo no lo se, no recuerdo. El metro estaba cerrado. "El treinta nos lleva..." Me dijo ella despertando mis mariposas, revoloteaban por mi estómago cada vez que ella me miraba, cuando la olía, si la sabía lejos de mí o acercándose. Calles cortadas, abordamos una ruta diferente, la plaza Tavistock, un pitido insoportable dio paso al absoluto silencio...

Los Jueves por la tarde; sí, era ese día, íbamos a bailes de salón. Yo era nefasto pero Sofía me marcaba los pasos que debía seguir, como lo hizo Alicia ese fin de semana. Tras la comida del día anterior fuimos a tomar unas cervezas a un pub cercano a la casa, nos recogimos pronto ya que el Domingo íbamos a ver una exposición al Royal Festival Hall y a dar un paseo por la orilla del Thames.

En una de las salas de la retrospectiva proyectaban a una pareja bailando un vals al son de música de Schubert. Eran Fred y Ginger, él con frac, ella con un vaporoso vestido blanco. Una pareja de abuelos desinhibidos los acompañaban; unos, en las imágenes reflejadas en la pared, los otros danzando frente a nosotros. El caballero agarró a mi hermana y la señora a Koldo, Alicia restó tras de mí agarrada a mi silla. Las tres parejas bailaban al unísono en la improvisada pista siguiendo un imaginario compás que la melodía no marcaba. Sofía regresó a mí engalanada de raso mezclándose con la pareja de la pantalla. "La estas viendo , ¿verdad?" Preguntó la temblorosa voz de Alicia agachándose para secarme los ojos.

Aquella mañana Sofía se fue en el autobús dejándome solo. El atentado me dejó postrado en una silla de por vida, incapaz tan siquiera de hablar fluidamente, con medio cuerpo paralizado; aunque lo peor era mantener vivas las mariposas en la tripa por Sofía, en su eterna danza, luchando por no convertirlas en polillas....

**¿Como siempre?**

Palpó, uno a uno, la ristra de tomates rojos colgada detrás de la puerta. Escogió uno, anaranjado ya en su parte superior con una pequeña hoja seca y ciertamente blando. Lo olió. La piel comenzaba a arrugársele, pero según Mateu, es el mejor tomate para untar el pan. Tenía el *fuet* cortado de antemano; el chusco de leña recién tostado en el horno desprendió un inconfundible aroma al cortarlo, crujiendo ante el enviste del cuchillo de sierra, esparció sus entrañas por el mármol. Partió el tomate, lo restregó en las dos mitades todavía tibias, lo regó con un hilo de aceite virgen arbequina y colocó las rodajas de embutido siguiendo un escrupuloso orden. Envolvió el bocadillo en papel de aluminio y, como siempre, agarró dos servilletas de papel antes de salir de la cocina.

La casa estaba en absoluto silencio a esas horas dominicales; sus padres estaban fuera de fin de semana y el resto de hermanos dormían la juerga de la noche anterior. Mateu se acostó pronto para poder levantarse al alba y, como siempre, hacer la habitual excursión en bicicleta con su amigo Santi.

Ataviado con su equipo de ciclista amarillo y azul, bajó las escaleras lerdamente.

"¿Por qué no se pondrá esos dichosos zapatos en el garaje?" Se preguntó uno de los hermanos yendo al lavabo. Se asomó por el hueco de la escalera para ver la mano de Mateu arrastrarse por la baranda. Las suelas con los enganches metálicos para los pedales golpeando el mármol; uno miró hacia arriba cuando supo que el otro ya no estaba, el otro entró en el baño sabiendo que Mateu se detendría a fisgar en cualquier momento. Descolgó su bicicleta de los ganchos y salió a la calle.

Una fina capa de escarcha lo cubría todo, como si la niebla, perenne en aquella llanura, hubiera estucado a su antojo el pueblo entero. Al final de la calle estaba la pequeña rotonda donde cada domingo esperaba a Santi. Se detuvo frente al poste de la luz faltando cinco para la hora en punto, como siempre, su amigo se perfiló al final de la otra calle, avanzando sigiloso en aquel mar de vapor distorsionante donde olfato y oído tampoco atinan.

El camino dejó perdido en la bruma el contorno del pueblo, con el zumbido de la carretera a sus espaldas; delante unas cuantas granjas, un riachuelo sorteado por un quejumbroso puente de madera, campos arados y, tras acecharlo por mas de media hora, el pequeño altiplano donde reposarían sobre la hierba tras el esfuerzo.

La vegetación empujada por la montaña ciñó el sendero que antes fuera amplio; las bicicletas debían sortear ahora numerosos regueros de agua y desniveles, mientras que las ramas de los árboles bajos, zarzales y otros arbustos contorsionaban su pedaleo.

Comenzaron entonces a rodear la meseta, debían circundarla una vez al completo antes de encarar el ascenso a la cumbre. Como siempre, atravesaron la arboleda formada por pinos, hayas y coníferas a la derecha, el mismo castaño erguido a los pies de la vaguada donde se formaba un charco en el centro del camino, una curva a la izquierda, un salto.

La roca, con la que cada excursión se topaban en el medio del paso, les mandaba desviarse o sortearla; Santi, bajó de la bici para, cargándola a hombros, salvar el obstáculo por la parte alta del paso. Mateu, obstinado en trialear la piedra, encastó la rueda delantera en ella perdiendo el equilibrio, cayendo sobre su derecha y abriéndose la misma brecha de siempre en la ceja. La herida, tras incontables domingos de fallidos intentos, mostraba un aspecto desagradable; Santi sacó un pañuelo para secar la sangre que goteaba sobre el maillot ya manchado de Mateu.

La niebla comenzaba a retirarse azuzada por la altura ganada en aquel punto, dejando el fosco a cargo del monte. Los rayos del sol se descolgaban por entre las hojas de los frondosos árboles que colmaban la subida; un giro. Al frente la fuente donde rellenarían las botellas de agua. El bocadillo en la cima, como siempre; aunque ya hambrientos, la recompensa era saberse en lo alto de la meseta y contemplar las vistas de la extensa llanura cubierta por una fina capa de algodón.

Tras abrevarse, les esperaba el trozo más duro; una serie de repechos, quiebros, y angostos trechos donde escasamente cabían las ruedas. Esa zona debía estar ya libre de niebla aunque ese día la calígine acechaba de nuevo; y eso no había ocurrido nunca. Pedalearon a ritmo decidido, constante, mas tenían la sensación de no moverse. La bruma se espesó como nunca antes lo hubiera hecho amagándoles cualquier noción de avance, aún con sus piernas batiendo al máximo, no percibían brizna alguna en sus caras. Todo permanecía estático a su alrededor. De pronto apareció la arboleda a la derecha. El castaño con la vaguada. Cayó de nuevo en la roca

Mateu. Flotaban ellos deslizándose el camino y sus arrabales bajo las bicis. La fuente; y la arboleda, el castaño, la roca. Santi tras socorrer cuatro veces a su amigo no consiguió encontrar una esquina limpia del pañuelo, pensó enjuagarlo en la fuente, si bien nunca antes lo había hecho.

El hontanar no llegó jamás, el camino describió entonces una recta etérea, de la que no se atisbaba ni firme ni frente, ni costado ni retaguardia. Cegados por ese velo blanquecino alcanzaron la cima; sin saber como supieron que la habían alcanzado. Dejaron las bicis en el suelo, una al lado de la otra y sin decir palabra, sacaron los bocadillos de las mochilas. Se acercaron al vértice de la montaña sin conocer muy bien donde se encontraba. Quisieron regresar a las bicicletas pero no las encontraron.

Anduvieron por entre la espesa calima hasta topar con algo a sus pies. Se agacharon para descubrir dos bicis oxidadas, al lado de las cuales, dos esqueletos con sendos restos de bocadillos envueltos en papel de aluminio entre los huesos de las manos, reposaban en la hierba; y eso, pese a ser como siempre nunca antes les había pasado

Printed in Great Britain
by Amazon.co.uk, Ltd.,
Marston Gate.